千斤义方

李照国 著

苏州大学出版社

图书在版编目(CIP)数据

千斤义方/李照国著. —苏州：苏州大学出版社，
2014.11(2015.9重印)
　　ISBN 978-7-5672-1156-8

　　Ⅰ.①千… Ⅱ.①李… Ⅲ.①散文集-中国-当代
Ⅳ.①I267

　　中国版本图书馆 CIP 数据核字(2014)第 276468 号

书　　名：	千斤义方
著　　者：	李照国
责任编辑：	许周鹣
策划编辑：	汤定军
装帧设计：	刘　俊
出版发行：	苏州大学出版社(Soochow University Press)
社　　址：	苏州市十梓街1号　邮编：215006
印　　装：	虎彩印艺股份有限公司
网　　址：	www.sudapress.com
E - mail：	tangdingjun@suda.edu.cn
邮购热线：	0512-67480030
销售热线：	0512-65225020
开　　本：	700mm×1000mm　1/16　印张：11　字数：159千
版　　次：	2014年11月第1版
印　　次：	2015年9月第3次印刷
书　　号：	ISBN 978-7-5672-1156-8
定　　价：	36.00元

凡购本社图书发现印装错误，请与本社联系调换。服务热线：0512-65225020

开篇的话

2010年之前,我的心还不够宽,但身呢,却胖得很。由于肥胖,身体相继出现了一系列的病变,从脂肪肝到高血糖、高血压、高血脂,最后一路地发展到了糖尿病,让我一步一个脚印地体验了古人所谓的"负薪之忧"。

为了根治这些疾患,在比较了中医、西医和中西医结合的各种治疗大法之后,我选择了减肥疗法,即通过减肥达到治疗这些疾病的目的。根据医学常识,我知道,我的身体之所以出现这样的系列病变,主要是太过肥胖的缘故。因此呢,只要减了肥,只要瘦了身,这一切一切的病变,都会自然消解。经过审慎的考虑,我为自己制订了一套减肥的方案,并坚定不移地将其贯彻始终。

经过三个月的努力,我的体重减少了30斤,脂肪肝和糖尿病相继不治而自愈。半年之后,折磨了我五年多的高血压,竟然也恢复了正常,从而终止了天天雷打不动服用的降压药。我的人生,从此柳暗花明。

在很多人的眼里,减肥,实在是一件艰难困苦的烦心事。实际上呢,减肥并不艰难,也不困苦,更不烦心,而是一件充满快乐和享受的人生体验。如果将减肥看作是一项工程,那么,这项工程呢,其实是非常简单易行的,甚至是不费吹灰之力的。但要做到这一点,首先必须明确一个关键的问题。这个关键的问题,就是人为什么要吃饭,到底吃到什么程度才算吃饱,才算吃好。明确了这个问题,减肥呢,就如囊中探物一样,易如反掌。

所以,在我看来,减肥其实就是一个概念。这就像穿衣一样,春夏轻薄,秋冬厚实,以此而行,何忧之有?减肥成功之后,经常有朋友向我"请教"减肥的秘笈。每次谈到这个问题时,我都不厌其烦地将自己的看法、做法和想法仔仔细细地说给朋友们听，希望能藉此将自己总结出来的减肥概念惠及大众。

2013年9月开学之初，在和老师们谈及"通过自我努力能解决的问题是最简单的问题"时，我提到了我的减肥经历。很多老师对此极感兴趣，不断发来邮件，向我咨询减肥的诀窍。为了回答老师们的问询，国庆期间杀青了《在水一方》之后，我拟订了一个写作计划，准备以散文的形式，将我自己增肥的过程和减肥的历程加以介绍，供老师们参考。

经过一个多月的努力，终于在2013年的10月30日完成了这部小册子的撰写。全书共36篇，包括"我的肥胖之路"、"我的减肥历程"、"我的减肥食饮"和"我的减肥生活"四个部分。后来送给朋友们参阅时，有的朋友提出，应该再增加一些有关养生保健的内容，这样既可以使小册子的内容更为丰富，又可为读友提供更多的参考。但由于平日事务繁杂，一直没有时间补充。今年国庆长假期间，我放弃了回陕西老家探亲的机会，一个人待在上海，集中时间和精力，将自己平素关注的有关养生保健的知识加以归纳总结，将自己多年来收集整理的资料加以分门别类，撰写了19篇小文章，充实了这部小册子的内容。

新撰写的这19篇文章，包含两部分内容。第一部分，主要介绍了健康的概念和影响健康的因素。第二部分，主要介绍了《黄帝内经》的生活观、健康观和人生观，希望能为老师们、朋友们和读友们的健康生活，提供一点可资借鉴的理念。

本书原名《千金义方》，因为孙思邈曾经说过，"人命至重，有贵千金"，即将身体喻为"千金"。之所以又改为《千斤义方》，是因为在如今的这个时代里，要想养生，可真的像肩扛"千斤"重担一样，不易得很呢。而"义"呢，自然含有"大义"、"道义"之意。孔子所谓的"仁者寿"，讲的就是这个道理。至于"方"么，当然是"经验之谈"了。

李照国
2014年10月6日于康馨园

目 录
Contents

● 我的肥胖之路
　肥胖的期待　　　　　　　　/ 1
　肥胖的努力　　　　　　　　/ 4
　肥胖的享受　　　　　　　　/ 7
　肥胖的飞速　　　　　　　　/ 10
　肥胖的争议　　　　　　　　/ 13
　肥胖的麻烦　　　　　　　　/ 15
　肥胖的疾患　　　　　　　　/ 17
　肥胖的挑战　　　　　　　　/ 19

● 我的减肥历程
　减肥的前奏　　　　　　　　/ 22
　减肥的契机　　　　　　　　/ 24
　减肥的必然　　　　　　　　/ 26
　减肥的选择　　　　　　　　/ 29
　减肥的概念　　　　　　　　/ 32
　减肥的方法　　　　　　　　/ 35
　减肥的动力　　　　　　　　/ 38
　减肥的意志　　　　　　　　/ 41
　减肥的鼓励　　　　　　　　/ 44

● 我的减肥食饮
　减肥的食谱　　　　　　　　/ 46
　减肥的黑食　　　　　　　　/ 49
　减肥的白食　　　　　　　　/ 52

减肥的红食　　　　　　　　/ 55
　　减肥的黄食　　　　　　　　/ 58
　　减肥的杂食　　　　　　　　/ 60
　　减肥的肉食　　　　　　　　/ 62
　　减肥的饮料　　　　　　　　/ 65
　　减肥的瓜果　　　　　　　　/ 68
　　减肥的食限　　　　　　　　/ 71
　　减肥的食间　　　　　　　　/ 74
● **我的减肥生活**
　　减肥的一天　　　　　　　　/ 76
　　减肥的一周　　　　　　　　/ 79
　　减肥的一月　　　　　　　　/ 81
　　减肥的二月　　　　　　　　/ 84
　　减肥的三月　　　　　　　　/ 86
　　减肥的半年　　　　　　　　/ 88
　　减肥的外动　　　　　　　　/ 91
　　减肥的内动　　　　　　　　/ 94
　　减肥的事项　　　　　　　　/ 96
● **影响健康的因素**
　　什么是健康　　　　　　　　/ 99
　　何谓亚健康　　　　　　　　/ 102
　　影响健康的因素　　　　　　/ 105
　　影响健康的疾病　　　　　　/ 109
　　危害国人的疾病　　　　　　/ 112
　　影响健康的饮食　　　　　　/ 115
　　吸烟的致命危害　　　　　　/ 119
● **如何健康地生活**
　　传统的养生观　　　　　　　/ 122
　　健康的养生法　　　　　　　/ 125
　　预警的生活观　　　　　　　/ 129

美好的人生观　　　／133
理想的生活观　　　／136
男女成长历程　　　／140
非常生育力　　　　／143
圣贤养生法　　　　／146
● **四季养生法**
春季养生法　　　　／150
夏季养生法　　　　／154
秋季养生法　　　　／158
冬季养生法　　　　／161
● **后记**　　　　　　／165

我的肥胖之路

肥胖的期待

身高1.65米,体重165斤。这,就是我曾经的身高和体重。

在胖人中,我还算个瘦子。但在常人中,我显然就是个胖子。实际上,我确实是个胖子。

世界各地的专家学者们,早就为我们研究设计了各种各样的测量体重与身高比例的技术和方法。对于我来说,这些技术和方法,其实呢,一点用处也没有。因为一照镜子,我就知道自己太胖了,整个脸就像个大南瓜似的。一迈步,我也知道自己太胖了,还没走几步,脚后跟就很有些感觉了。一上楼梯,我就更知道自己太胖了,刚一抬脚就开始气喘吁吁了。

胖成这个样子了,想不想减肥呢?说实话,自从发胖之后,我一直都没有要减肥的想法。不但没有,而且还挺为自己的发胖而颇感幸福呢。为什么会有如此怪异的想法呢?这当然与我人生的经历有着密切的联系。

我出生于1961年。那可是所谓的"三年自然灾害"的第三年啊!曾经经历过那个年月的人,对此至今恐怕还记忆得刻骨铭心呢。在那三年中,全国上千万人因为饥饿而"魂断蓝桥",被称为"非正常死亡"。照此说法,相对于"非正常死亡"的人而言,像我这样能死里逃生的人,应该是"非正常存活"者了。

自我记事以来,饥饿,就像太阳和月亮一样,白天照耀着我,夜晚照亮着我,把我照得骨瘦如柴,心力交瘁。记得有一天晚上,我想起夜，刚从炕上爬起来，便一头栽倒在地下了。饿晕了啊！这件事，令妈妈伤心至极，让我一直记忆到如今，想忘也忘不了。我是1980年考取大学的。在我上大学之前，我家，以及所有的父老乡亲，每年大概有半年都是缺粮少食的，要靠忍饥挨饿度过艰难的每一日。

每年的12月到来年的5月，是青黄不接的时期。记得天气开始变冷的时候，家里的粮食便紧张起来。父亲总是隔三差五地往外地跑，想方设法以高利贷的方式去借粮。当时比较理想的做法是，冬春借人家一斤玉米，来年夏季还人家一斤小麦。记得那时的玉米每斤1毛5分钱左右，但小麦每斤大约要5毛5分钱，差价非常之大。妈妈将家里仅剩的一点粮食，用一只小碗仔细地量一量，估摸着以最低的限度维持到年底。同时，将春夏季节晒干的野菜，仔细地分一分，和所剩无几的玉米面搭配起来食用。一天两餐，每餐基本上都是稀稀的玉米糊拌着大量的野菜，吃得大人小孩都脸色发青。

记得大学毕业的时候，我的体重终于超过了100斤。这个超过，对我来讲，简直就像拿到了人生的大奖一样。多长一点肉，这，一直是我的梦想。小时候，妈妈常常把我抱在怀里，捏着我瘦骨嶙峋的小胳膊小腿，梦幻般地说："老天爷呀，快让我儿多长点肉吧！"可是，在那些年月里，老天爷好像又聋又瞎，根本无视尘民的死活。别说让你多长肉了，每天能让你继续地喘口气，已经是天赐的幸福了。虽然妈妈对我特别地疼爱，每次吃饭时，总是将自己碗底较为稠的一点糊糊留给我吃，每次做完饭，总是将锅底沉淀的薄薄一层仔细铲下来留给我吃，但我却始终骨瘦如柴，走起路来一摇三晃，像纸糊的一样。

所以在大学期间，在同学中我是最不自信、最无信心的人，因此也就最怕参加班级组织的集体活动。想想看，身高才1.65米，还骨瘦如柴，哪会有什么信心呢？哪会有什么自信呢？我是来自农村的，家里本来就饥寒交迫，哪会有多余的钱财供我在城市里逍遥呢？除了一日基本的三餐外，我几乎没有什么可以补贴胃口的。学校的食堂每餐除了供应饭菜之外，还免费提供用大颗粒的玉米碴子煮的粥。别的同学都喜欢喝最稀的，而我，则总是等到别人都喝过以后，用长长的勺子,兜底舀一大碗稠稠的玉米碴子,作为自己每餐的主食。

　　直到毕业前的一个多月里,心情稍稍有所放松,胃里才额外地补充了一点营养,体重也因此突破了百斤大关,成为我人生的一个标杆。

肥胖的努力

　　大学毕业了，走上了工作岗位，每个月有了48.5元的固定工资。这，当然又是我人生的一个重大的转折点了。领到了第一个月的工资，我欣喜若狂地回到家，给父母买了一盒点心。在现在人的眼里，点心，实在是何足挂齿的普通食品，不但普通，而且很多人连看都不愿看一眼，因为它是甜食，非常不利于健康。

　　但在当时，这点心呢，可是无比珍贵的极品礼物呵！当然，这所谓的珍贵极品，也只是对于挣扎在生命线上的尘民百姓而言的。对于那些权棍们和钱棍们而言，即便是在饥荒的年代里，也是何足挂齿的家常便饭。在中国历史上，这样的情形哪朝哪代没有！就是在饿殍遍地的大饥荒年代里，吃得撑死的人也多了去了。

　　妈妈颤抖着双手，接过我递上的点心，赶快拿出一块来，递到我手上说："以后千万别乱花钱了。你已经大学毕业了，还是这么瘦呀！现在有工资了，天天多吃点，多长点肉呀！小伙子瘦成这样，以后怎么成家呀！"

　　妈妈的话，深深地铭刻在我的脑海里。当年努力学习，力求上进，就是为了实现妈妈渴望改变家庭和我自己命运的心愿。记得小时候，有一天晚上，妈妈搂着我说："咱家的穷根子扎到海里去了！等你长大了，把它拔出来！"

　　那时，我还没有读书，估计也就三五岁吧。但妈妈的这句话却像定海神针一样，深深地、牢牢地在我的心里生根发芽了。现在想来，我这个人呢，可真是成熟得比较早呀。不过，这也是历史的必然。正如《红灯记》中李玉和唱的那样，"穷人的孩子早当家"。

　　妈妈的这句话就像《闪闪的红星》里唱赞的"红星"一样，成为指引我生活、学习和奋斗的"红星"。妈妈送给我的这颗"红星"，不仅在"长夜里"帮我"驱黑暗",在"寒冬里"帮我"迎春来",在"征途上"帮我"把路开",而且在爱情上还帮我把苗栽,把花开,把果结呢,从而使我获得了事业和爱情的双丰收。

为了实现妈妈的心愿,回到单位后,我下定决心,改变自己多年来形成的艰苦朴素的生活习惯。每餐增加了一份油水比较多的菜,每顿多吃二两面条、米饭或馒头,以满足长期以来肠胃的迫切需求。这样的改变,在我以往多年的生活中,可是连想都不敢想的啊!现在居然敢想了!不但敢想了,而且敢做了,能做了。这真是天翻地覆的自我变革啊!

在以往的生活中,我的基本饮食原则是,经济实惠,吃饱即可,绝不浪费。所以每餐只要填饱肚子即可,从不在意什么可口不可口,更不讲究什么"色香味"。因此我在食堂里经常吃的主食是面条、米饭和馒头,面包、糕点之类的高档食品,我是从来都不敢碰的。我吃的蔬菜,主要是青菜、冬瓜和白菜,连西红柿、韭菜和萝卜都不敢吃。因为西红柿和韭菜总是和鸡蛋混炒,萝卜则总是和肉片同煮,价格自然比较昂贵。以我羞涩的囊中,如何敢体验这些色香味俱全的美食呢?所以,每次吃饭时,为了自己那层薄薄的脸面,我都要远远地避开认识的同学,尤其是同班的同学,生怕惹人嘲笑。

每天晚上休息前,胃里都有些空荡荡的,甚至有点饥肠辘辘。每当此时,我都要默默地想想妈妈当年送给我的那颗"红星",想想如何实现妈妈的愿望,以此来鼓励自己莫要将吃喝当成正务。自从记事以来,饥饿,就一直像天空中的乌云一样,时时刻刻地伴随着我,威胁着我,恐吓着我。但这饥饿呢,也一直像励志的座右铭一样,更像推动车轮向前的强大动力一样,自始至终鼓励着我努力学习,努力奋斗,努力改变自己的命运。这也就是为什么,像我这样智商过低的人,居然能从本科一直读到博士后。

改变了多年形成的艰苦朴素的生活习惯之后,效果很快就表现出来了。春节回到家,妈妈见我红光满面,体重明显增加,极为高兴。那一年的春节,过得特别快乐。见到我的亲朋好友,都为我的"发福"

而欢欣鼓舞。从我的身上，大家不但看到了我个人的未来和希望，而且还看到了国家和民族的前途和命运。这可真是一滴水就能见太阳啊！

肥胖的享受

我是1984年大学毕业的，毕业之后分配到陕西中医学院从事教学工作，从此和中医结下了不解之缘。这不解之缘也和我的发福有着千丝万缕的联系。

自从改变了多年养成的艰苦朴素的生活方式之后，自从每餐增加了油水和食量之后，我的体重便明显地提高了不少，半年之内就增加了10多斤。这可是我自打记事以来，个人的幸福事业发展得最为快捷的一年。在这一年中，每次回到家，妈妈都很开心，捏捏我的脸蛋，拍拍我的屁股，觉得我终于像个男子汉了。而我自己的自信心呢，也不知不觉地提升了许多。每次走出校门，都自觉或不自觉地抬起头，挺起胸，八字步也迈得踏踏实实的。

在北方人的眼中，男人是要有点分量的。没有分量的男人，不但自己缺乏信心，就是别人，也会对其缺乏起码的信任感。在一般人的眼中，胖一点的男人，不但可爱，而且可靠。和其打交道，心理上就自然有一种安全感，防备之心当然也就会少一点。而瘦弱的男人呢，则总是给人一种奸诈阴险的感觉，很难让人对其有起码的信任感。与这样的男人交往，总让人心存芥蒂，不敢轻易地信其言，更不敢轻易地随其行。这样的情形，无论在历史上还是在现实中，都多得不胜枚举。

在大学读书期间，有一次体育课结束时，一位姓邢的老师捏着我的肩膀，瞧着我瘦弱的身躯，不无怜悯地说："可怜的小伙子，你怎么还生活在'万恶的旧社会'呢？"老师说这样的话，当然是出于对我的关心和爱护，希望我能强壮起来，成为一个真正的男子汉。但老师的这句幽默的话呢，也一直像一片乌云一样，死死地笼罩在我的心头。虽然那时我也很想改变自己的形象，提高自己的分量，但因为囊中羞涩,每日能糊糊口就已经非常不易了,哪还敢有其他非分的想法呢!这也是我在大学期间心头一直隐藏的一大缺憾。

现在好了,大学毕业了,每月有固定的收入了,虽然工资非常有限,但吃饱饭还是可以满足的。在大学期间,因为经济拮据,不但吃饭的事一直困扰着我,就连和别人的交往也始终纠结着我。好在大学期间只要学好每一门功课,完全可以"两耳不闻窗外事",甚至连班级组织的集体游玩活动,都可以避而远之。如此这样装在套子里的生活,虽然出于贫穷和自卑,但还是为自己赚得了不少意想不到的好名声。由于整天埋在书堆里,所以在老师们的眼里,我是个勤奋努力的好学生;在同学们的眼里,我是个刻苦学习的好伙伴。

但现在毕业了,走上工作岗位了,要想"两耳不闻窗外事",那是根本不可能的。每天,除了上课之外,还有这样那样杂七杂八的事务需要东奔西跑,还有这样那样的领导和同事需要应酬应对。在这窗不能关、门不能闭的环境里,个人的行为举止便成了与人交际的信号弹。在这样的情况下,身瘦体弱,便成了病态的表现,只能引起别人的同情或反感,哪能获得别人的信任和支持呢?这是我走上工作岗位之后,最直观的感觉和体验。

现在好了,饭吃多了一点,身体便一天一天地壮大起来了,分量也渐渐地足了起来,自我感觉也渐渐地好了起来。站在讲台上,底气也足了很多。我现在讲课时习惯来回地晃动,这个不太雅致的行为,其实就是那时刻意做作出来的,目的是想显示自己的自信。因为身体发胖了,站在讲台上,我似乎感到自己的知识就忽然翻倍了,发挥能力也增强了。

就是上街散步,也敢跟肥头大耳、光着膀子的地头蛇们瞪瞪眼了。在未发福之前,望见这些赤身赤脚的当地汉子们,我都远远地躲开去,生怕靠近他们给自己惹来麻烦。但现在,我也敢挺胸抬头地从他们身边走过了,惧怕之心淡去了很多。有一次在自由市场买东西时,因找零和一个摊贩发生了争执,瘦小的贩子斜着眼冲我叫道:"别以为你比我的肉多我就怕你!"小贩话虽说得这么狠,但还是将多要我的几毛钱还给了我。

  这件小事给我上了非常生动的一课。假如我身上的肉没有比他的多,他会将多要我的几毛钱还给我吗?甚至我可能都没有胆量和他计较呢。从此之后,我便欣欣然地开始享受肥胖了,甚至将肥胖当成了自己人生的新资源、新能量、新希望。

肥胖的飞速

尘世之人最关心的,是自己的钱袋子,做梦都想让它鼓起来。经过几番努力,钱袋子一般都会慢慢地鼓起来。然而,只要钱袋子的主人有所想法的话,那么,这刚刚鼓起不久的钱袋子呢,很快就会瘪下去。一旦瘪下去,要想再鼓起来,那可是要费很多周折的。

作为尘世之人,与钱袋子形成鲜明对比的,便是自己的臭皮囊。这臭皮囊对于天生偏瘦的人来说,真像自己柜子里的钱袋子一样,要天天鼓鼓囊囊的,可真不容易。正像有些人奋斗了一生也没能将钱袋子鼓起来一样,有些人甚至将天上不飞的、地上不爬的、土里不长的东西都吃遍了,也没能使自己身上多长出几两肉来。

但对于天生偏胖或有潜在发胖机能的人来说,这臭皮囊呢,可真不像钱袋子,倒像插在地里的柳条子一样,稍微有点阳光雨露,便生机勃勃地生根发芽了,优哉游哉地茁壮成长起来了,想压都压不住。所以老百姓说,胖人喝凉水也能长肉,而瘦人呢,就是吃老虎也长不出肉来。百姓的话,是很有道理的。对此,医学家早就有深刻的理论研究和实践总结。

我大约就属于天生偏胖或有潜在发胖因素的人吧。当年瘦骨嶙峋,主要是因为吃不饱穿不暖,营养跟不上所导致的。自从放任自流以后,抑制多年的肥胖基因,一下子被激活了。这被激活的肥胖基因呢,就像放了学的小儿一样,立马肆无忌惮地狂奔乱跑起来,自由自在地狂欢乱叫起来。于是乎,我的臭皮囊,就像插上了充气筒一样,芝麻开花节节高似地膨胀起来。这个膨胀啊,不是日新月异,而是日新夜异。

一开始,大家对我身体强壮的表现都挺赞赏,以为我终于从"万恶的旧社会"解放出来了。尤其是我的妈妈和亲朋好友,看着我一天天地强壮起来,都感到无比的欣慰,并由此预见到了我个人以及我们家庭辉煌的未来。我自己呢,也自豪得心花怒放,以为命运的改变将从此开始,人生的金光大道将由此开启。

给车胎或球类充气的人都知道,这气呢,充到一定的程度就必须停止,不然就会将车胎或球胎给充爆了。人开始发胖的时候,其实与给车胎和球胎充气一样,肥气日增,且欲增欲快。但与车胎和球胎不同的是,一个人发胖的时候,他其实是无法控制自己身体的增肥,更无法停止身体的发胖。只能眼睁睁地看着自己的身体,像个无边的气球一样,越增越大,几乎都要爆炸了,但却一点办法也没有。不但自己没有办法,就是医生也没有多少好办法。

这就是为什么,在我们这个尘世间,会有那么多胖得举步维艰的人士。不了解的人都以为,这些人太不注意自己的身体了,干吗不控制自己的体重呢。其实,对于这些超级肥胖的人来说,这实在是太过冤枉的批评。他们也天天想减肥,时时要减肥,也确确实实吃了各种各样的减肥药,扎了各种各样的减肥针,喝了各种各样的减肥茶,但就是减不了哇。这到底是天意,还是人意,甚或鬼意呢?谁能告诉他们?

对此,我的体会可谓深之又深、彻之又彻。当我改变了自己一直以来严格控制饮食的生活习惯后,我的身体先是强壮起来,四肢的肌肉渐渐地丰满起来,黑瘦的脸庞开始圆润起来,基本上体现出了"社会主义的优越性"。但半年之后,我的身体便逐渐地显现出肥胖的迹象来。以前穿上挺合身的衣服,居然连扣子都扣不住了。以前挺宽松的裤子,怎么也穿不上了。亲戚朋友们再见到我时,都有点异样的感觉,就连妈妈见了我,都有些诧异。

在北方,男子胖一点是可爱的,也能给人一种诚实的信任感。但太胖了,就有点傻乎乎的感觉了,就不是可爱了,而是可笑了。"胖得像个猪一样",这就是百姓们对太过肥胖之人的背后评论。我想,在我的背后,可能也有人悄悄地用这样的评语来议论我吧。但是,我又常想,这大概只是自己的小人之心吧,别人应该不会这样来评论我的,因为和其他更胖的人比较起来,我似乎还不算很胖,甚至还算适中呢。

  这样一想,我的心花不禁又开放了。尽管有时候我也建议比我更胖的朋友去减肥,但对自己,我却从来没有下过这样的指令,因为我觉得自己还算不上胖呢。

肥胖的争议

对自己急速的增肥，朋友和同事们的反应，既直接又婉转。

有的朋友以为我胃口太好了，将明天的口粮都提前消费了。故而建议我细水长流，切勿寅吃卯粮，消减自己的寿命。据说，一个人的"口粮"，一出生便被上天给钦定了。如果细水长流，就可以多吃几年，多活几年。如果每日暴饮暴食，那就将自己的"口粮"早早地消费完了，将自己的寿命也就大大地缩短了。我自幼接受的是所谓"唯物主义"的教育，对这种宿命论的观点，自然而然地视为"封建迷信思想"，不屑一顾。

一些老同事，特别是懂得一些医学常识的同事，眼睁睁地看着我一天天地壮大起来，态度便发生了很大的变化，由最初的鼓励而变为忠告，建议我适当控制饮食，不然将会引起很大的麻烦。那时的我，对肥胖可能导致的健康问题一无所知。但向来自以为是的我，对老同事们的忠告，却颇不以为然，甚至以为人老心衰，跟不上时代发展的步伐了。所以，对于老同事们的忠告，我常常是一笑而过，从不放在心上。甚至还以为人老妒心强，并因此而对孔子的话"后生可畏"有了全新的理解。

有的朋友以为我精神颓废了，两眼只盯着饭碗，一心只关注着吃喝，曾经的雄心大志完全消失在滚滚红尘之中。对于这样的批评，我自然是宛然一笑。有没有颓废，有没有雄心大志，我自己当然是非常清楚的。这些深埋在我心底的想法和愿望，当然只有我自己知道，别人如何能"隔岸观火"呢！所以，对于这一点，我还是充满自信的。事实也确实如此，自打记事以来，我的雄心大志就从未动摇过，我的远大理想也从未消减过。

正因为如此，我对自己的信心就更加十足了，并因此而觉得，大家对我增肥的认识,实在偏颇得很。这种"自我肯定又肯定"的意识一直保持到"再也不能保持"的时候,我才最终明白了什么叫"实践是检验真理的唯一标准",什么叫"不听老人言吃亏在眼前"。

有的朋友认为,我的性情突变了,从"忧国忧民"转变成了"自由自在",所以才胃口大开,才"心宽体胖"。对于这样的评说,我自然是非常乐于接受的,也非常希望自己能实实在在地进入这样一个理想的状态。自幼以来,我给人的印象就是"愁绪满心",虽然谈不上"忧国忧民",但"忧生忧死"的心情确实天天都有。原因么,当然是"吃不饱穿不暖"啊!记得上小学的时候,老师曾经不止一次地问我,为什么不高兴啊?有什么心事啊?是受谁的欺负了吗?

一个"不知天高地厚"的、"根红苗正"的愣头小子,我能有什么了不起的"心事"呢?说穿了,不就是"吃饱喝足"那点要命的事么。我也一直想"高兴高兴",但天天饥肠辘辘的,哪能有足够的"高兴因子"支撑呢?

现在好了,人间换了,吃喝足了,"心事"呢,自然也就木有了,"心情"自然也就开朗了。身体发福,应该说,就是"心事木有"、"心情开朗"的直接表现吧。看看大家都十分欢喜的弥勒佛吧,不就是因为肥气十足而心花怒放的吗?所谓的"大肚能容",所谓的"笑口常开",其必要的前提条件不就是肥肥胖胖的吗?虽然没有见过庄子,但从其《逍遥游》中所体现的自由主义精神和豪放思想情怀来看,庄子应该也是一个不逊色于弥勒佛的"心宽体胖"者,不然哪能有如此博大的胸怀,哪能有如此宽广的心胸呢!

所以,我以为,自己的肥胖,虽然给行动带来了诸多不便,给朋友和同事们的视觉带来了诸多不适,给自己羞涩的囊中增加了很大的负担,但从历史、现实和未来的发展来看,还是应该坚持到底。不要说实现人生的远大理想了,单从"尽享庄周高枕"的个人心愿来讲,不肥肥胖胖怎么能行呢?

肥胖的麻烦

尽管对自己日益增长的体重，我一直保持着良好的肯定心态，但肥胖带来的麻烦和尴尬，还是日益凸显，无法回避。

肥胖带来的首要麻烦，便是入睡时的惊天呼噜。这呼噜声，我自己当然是无知无觉的，却把同一个寝室的另外两位同事给折磨得几乎想杀了我。导致这一潜在悲剧的原因，首先当然是我自己不争气，另一方面呢，也与当时的中国社会不无关系。如果那时的中国社会像现在这样，每个人无论租房还是买房，都有自己独立的一片天地，哪会因自己的呼噜声而影响别人或因别人的呼噜声而摧残自己呢？

20世纪80年代的中国，还是计划经济，还是"一颗红心两手准备"的激情燃烧的岁月。虽然1978年中国已经开始了改革，随后又开始了开放，但到我大学毕业的1984年，也才开展了6年多。在这6年多的时间里，别说经济和社会的发展，单说这观念的转变，就很费了一番功夫呢。光"实践是检验真理的标准"这个谁都晓得的事实，居然还自上而下地讨论了无数个日日夜夜呢。所以，那时的单位，将三五个人集中在一间几平方米的小屋子里，也已经算是"无限的关怀"了。

现在回过头来看，多亏我那两位同事的内涵建设做得比较到位，不然的话，我可能早就被他们呼噜得疯狂了。而疯狂的结果呢，自然是我"死得很惨"了。而我若"死得很惨"，其直接的原因当然是单位的"无限关怀"，而非同事们的"手段残忍"。

肥胖带来的第二个麻烦，便是额外地占有了别人的空间。以前无论在教室里、汽车上还是宿舍里，我都像一根小草一样，无论大树多么的"遮天蔽日"，我都能在落叶的缝隙中喘口气、伸伸腰，更不会挤得别人歪鼻子瞪眼。但现在可不同了，因为自己的身体膨胀了，自觉不自觉地就额外占据了别人的空间。尤其在汽车和火车上，自己一坐下去,屁股就像摊大饼似的,将别人挤得直翻白眼。这还是比较客气的表现了。遇到光膀子光脚的汉子,嘴上的交锋便难以避免了,即便嘴上不交锋,面色的难看也是绝对少不了的。

每次遇到这种境况时,我都忍不住要反思反思,究竟要不要继续肥胖下去。但自幼接受的"斗争哲学"的教育,似乎总是在教导我,一定要坚持下去,一定要和不允许我屁股摊大饼的挑战者们斗下去。"斗则进,不斗则退",时代的精神不就是这样的么!但是,平心静气地扪心自问,我似乎觉得,这摊大饼的屁股呢,确实是令人生厌的,的确应该有所改变。但如何改变呢?这确实又是个令人揪心不已的问题。想想当年"求一日饱食而不可得",看看今天"膘日日肥、肉日日厚",真可谓"三十年河东,三十年河西"啊!但现在,究竟应该待在河东还是河西呢?又成了一个新时代的新问题。

肥胖带来的第三个麻烦,便是穿衣戴帽的受限。第一个月领到工资后,便欣欣然上街买了一身比较像样的衣服。此后的几个月里,在朋友们的鼓励和介绍下,又添置了几件可以上讲台的服饰。同时,妈妈和姐姐们也给我购置了几身衣服,为我的成家立业搞了一些"面上工程"。仔细算算,这些"面上工程"的价值,还是非常不小的。但这"面上工程"呢,也确实给我的新生活带来了温馨而雅致的新气象,增强了我的信心和勇气。

然而,仅仅半年之后,这新气象呢,便稀里糊涂地不辞而别了。由于身体的发胖,曾经挺合身的衣服,先是穿上紧紧巴巴的,感觉就像被无形的绳索捆绑了一样。再后来呢,麻烦就更大了,两腿伸不进裤子,衣服扣不住扣子。好端端的衣服,就这样和自己的身体告别了。有几件衣服还没舍得穿呢,但从此就再也没有机会了。再去买衣服吧,手头又紧巴巴的。好不容易凑了一点钱,到商店试了一圈,只好垂头丧气地离开了。要么太贵,买不起。要么太瘦,不合身。从此之后,买衣服就一直成了我心头的大患。

当然,肥胖带来的麻烦,还远不止这三点。但就这三点,都已经快要把我整死了,哪还有心思去想其他呢!

肥胖的疾患

在中国的历史上——当然不包括现在了，人们对较为胖实之人的一般印象，基本都是身体健康、生活幸福、资源丰富。因为在千秋万代的中华文明史上，永远纠结芸芸众生的，便是吃饭的问题。一般的平头百姓，能有口饭吃，已经是洪福齐天了，哪里还会将营养堆积在自己的身体里呢！所以，自古以来，人们看到肥胖之人的时候，都不禁要心怀敬慕之情，并成为自己一生的奋斗目标。

对于肥胖可能造成的健康问题，老百姓们可是连做梦都想象不到的。就连传承万载的《黄帝内经》，也都没有针对肥胖问题提出过任何意见和建议。由此可见，在千万年的中国历史上，肥胖，一直都不是一个与健康有关的问题，而是一个与国家的富强、民族的振兴和人民的幸福密切相关的问题。所以，大唐最为标志性的辉煌，就是崇尚肥胖。而在其他历朝历代里，肥胖可是连想都不敢想的虚幻问题，哪里还会将其与百姓们的健康和生活搭起界来呢？看看张择端的《清明上河图》，画了550多个人，哪一个是胖乎乎的潇洒之人呢？好像哪个都不是。这也可能就是我始终对肥胖不以为然的历史遗传意识吧。

然而，这样的意识，遗传到20世纪90年代的时候，便遗传不下去了。这也许是时代变异的结果吧。1992年研究生毕业之后，我的身体由发福变成了发胀，胀得时不时都有些头晕目眩。我是陕西人，陕西"八大怪"之一便是"有凳不坐蹲起来"。可见，陕西人习惯蹲着，而不是坐着。但这个习惯呢，自从发胖之后便不知不觉地消失了。别说蹲了，就是坐着，也要挑高凳子坐。稍微坐得低了一点，便有些胸闷气短了，甚至头晕眼花了。1995年体检的时候，便查出了脂肪肝。医生建议我控制饮食，减少体重，以防不测。但我自己并无不适之感，以为医生都是职业病患者，看谁都是病人。这就像解牛的庖丁一样，眼里只有一块一块的牛肉，而根本没有全牛。

1996年,我到上海攻读中医博士期间,再次查出脂肪肝,并且非常严重。温柔的江南医生建议我少吃肉,多锻炼。我听后心里不禁大笑起来,我本来就不吃肉,哪里还存在少吃肉的问题呢,可见医生的话绝不能全信。至于锻炼的问题,我总以为内动重于外动,所以常常以静代动,能不动尽量不动。1999年博士毕业后,举家迁往上海,动荡七年的生活终于平静下来了。这一平静呢,使我的福态又上了一个台阶,一下进入了"三高"王国。同时,一直保持正常的血压,也急剧地节节攀升,一直升高到快要爆炸的境地。

　　在医务界朋友的关怀下,我开始服用兰迪,一种比较有效的降压药。每天一粒,雷打不动。老百姓都知道,是药三分毒。天天吃药,身体中存留的毒素,就可想而知了。而且兰迪属于化学药品,其毒副作用就更不待言了。肝脏是人体的血库,又是解毒的器官。肾脏是排泄人体代谢废料的,包括肝脏所解的毒素。所以,天天吃药意味着肝脏和肾脏天天都要马不停蹄地解毒和排毒。这无疑加重了这两个重要器官的负担,影响其正常功能的发挥。

　　虽然肝脏能解毒,但并不是所有的毒都能全部解掉,漏网的毒素便趁机滞留在人体和肝脏中,对身体的危害自然不言而喻。肾脏虽然能排毒,但并不是所有的毒素都能完全被排除掉。这就像下水道一样,虽然能排水,但在排水的过程中还是有一些杂质污垢黏在了管道四壁之上。时间一久,就会引起管道的堵塞和污水的泛滥。肾脏也是这样,在排毒的过程中也会有一些毒素潴留在肾脏中。长此以往,当然会对肾脏造成很大的损害。

　　脂肪肝,高血压,高血脂,高血糖,这些听来令人毛骨悚然的病理变化,几年来一直困扰着我,中医界的一些老师朋友们给我开了不少的处方,给了我不少的良药,但用了之后效果一直不是很好。原因呢,当然不是处方不妙,当然不是药物不良,而是我在用药的同时没有调整好自己的生活状态,没有积极地予以配合,也就是说没有采取措施控制饮食,减少体重。这就像治疗失眠症一样,天天吃药打针,却天天不分昼夜地大打麻将,药物的效果如何能得以保证呢?

肥胖的挑战

从期待肥胖到享受肥胖，从纠结肥胖到恐惧肥胖，这个过程确实是令人惊怵的。

脂肪肝的发现，使我对肥胖的认识从无比欣慰转变到了随其自然。"三高"的发现，使我对肥胖的感受从随其自然转变成失魂落魄。这个转变，得益于医界朋友的指导，同时，也与我自己对医学的学习和了解不无关系。

1986年，我曾经因心肌炎住院治疗。住院期间又因交叉感染而由内科转入传染科，一住就是9个多月，几乎命丧黄泉。在此之前，我对西医总是敬而远之，因为惧怕对人体的解剖和分裂。对中医则一直比较反感，以为其空口白话，虚假多多。原因么，当然是对其理论的无感无知，以为中医整天阴阳八卦，像打卦算命似的。住院9个多月的时间里，我对医学和人生的关系有了新的认识，并下定决心要学习医学。

出院之后，利用在陕西中医学院工作的机会，我开始潜心学习中医，对饮食和健康的关系有了一些初步的认识。1996年考取上海中医药大学博士研究生，有了更多的机会从专业的角度学习和研究健康生活ABC，从而对肥胖后遗症的认识更加深刻了，甚至产生了减肥的想法。其实，这样的想法在我的潜意识中可能早就有了，只是自己还没有下定决心而已。

现在呢，决定了，而且马上痛下决心。然而，仅仅坚持了5个小时之后，便自暴自弃了，因为实在忍受不住胃中的空虚感啊！晚饭时斗志昂扬地少吃了一份菜和二两米饭。结果晚上10点钟便有点"饥荒"了，在房间里转来转去，纠结了十几分钟，最后还是忍不住跑到门外的小超市，买了两包方便面、一包饼干，狼吞虎咽地全部消费掉了。

这样的痛下决心,这样的无奈放弃,在三年的博士学习期间,不知反反复复了多少次。人常说,胖人天天喊减肥。此话一点不假。肥胖的人,其实最具有减肥意识,也最想减肥,也最能下定决心去减肥。这是胖人最为感人之处,但这也是胖人最不可思议之处。胖人的减肥意识可谓时时有,减肥的决心可谓天天下,减肥的举措呢,隔三差五也会有。但减肥的效果呢,基本上从来都没有,不但不能减肥,反而时不时地在增肥。这样的现实不但弄得自己狼狈不堪,而且身心也为之大受折磨。

所以呢,从实际生活来看,胖人虽然有减肥的意识和减肥的决心,但肥却最难减,也基本上减不去。原因何在呢?也许有一些生理和病理的客观因素吧,但从本质上讲,还是意识和意志的问题。

所谓的意识问题,就是对自己的饮食和自己健康的关系,甚至和自己生命的关系,是否有比较清楚的认识。对于一般的肥胖之人来说,这样的意识基本上都会有一些,但没有那么的深入和透彻。如果一个人真正认识到过度的饮食和过度的肥胖对自己健康的潜在危害,那么,他就一定会采取积极主动的措施,减少过多的饮食,减去多余的脂肪,以保证自己的身体健康。如果他认识到了这一问题,却没有采取什么有效的措施加以预防和调整,那么,他的这一认识一定是表面的,或者说他根本就没有意识到这一问题的存在与其正常生活的密切关系。这也是很多比较肥胖的人一直没能减少体重、减少饮食量的重要原因。

所谓的意志问题,就是对减少饮食、降低体重所持有的决心和勇气。对于很多较为肥胖的人来说,对肥胖潜在危害的认识都还是比较深刻的,对减少饮食、控制体重的必要性也是比较明确的,但就是下不了决心。即便下了决心,也缺乏足够的勇气坚持到底。这就是很多肥胖之人天天下决心,时时想减肥,却始终减不了肥的一个根本原因。观念是易于保持的,决心也是易于下定的,但要想将其坚持下去,却需要坚强的意志和强大的勇气。没有这样的意志和勇气,减肥,就只能是说说而已,永难实现。

一般人以为,减肥就是饿肚子,就是将自己的嘴巴挂起来。事实上,完全不是如此。真正的减肥者,成功的减肥者,往往都是在吃饱吃好的情况下,快快乐乐地减去多余的脂肪,恢复正常的体重。如何才能做到这一点呢,这正是本书所要告诉大家的秘密。

我的减肥历程

减肥的前奏

2007年4月，我从上海中医药大学调入上海师范大学，翻开了我人生崭新的一页。来到一个新的单位，自然有一个适应的过程。但由于学校和学院领导的关怀与重视，我不久便融入到了新的教学和科研实践之中，并且很快就有了新的成果面世，给自己的新生开辟了一条广阔的天地。烦乱多日的心情终于平静了下来。一方面潜心地开展教学和科研工作，一方面尽情地享受新的人文环境、新的自然生活。

然而，也许享受太过了吧，三年之后的一天，我的人生突然出现了一个大大的惊符，将我几乎惊得跌坐在地，成为我人生的一个重要的转折点。那是2010年6月的一天，早上起床后去卫生间，忽然感到脚下有点黏糊糊的。低头一看，原来我晚上起夜时将小便滴在了马桶旁边的地砖上。自责了一番后，不禁警觉了起来，滴在地砖上的小便怎么会黏糊糊的呢？我的心情不禁紧张起来。

蹲下身来仔细观察了一番，一片乌云突然浮现在我的脑海里。随之而来的，便是持续不断的惶恐和惊恐，紧张得额头上几乎都要冒出汗珠来了。自己毕竟是学过医的，有一定的医学常识。看到滴在地上的小便有点黏糊糊的，我马上意识到问题的严重性。上班后，我立即到校医院做了检查和化验。化验的结果很快就出来了，小便4个加号！看着这份画着大大的4个加号的化验单，我的心一下子惊悚得狂跳起来。我知道，自己的身体发生了严重的病变，而这样的病变，将是一生的遭难啊！

小便4个加号，这意味着什么呢？意味着自己很可能患上了糖尿病。糖尿病其实并不可怕,可怕的是所引起的并发症。糖尿病并发症是一种常见的慢性并发症,是由糖尿病病变转变而来,后果相当严重。常见的并发症有足病(足部坏疽、截肢)、肾病(肾功能衰竭、尿毒症)、眼病(模糊不清、失明)、脑病(脑血管病变)、心脏病、皮肤病等等。这些并发症,都是导致糖尿病患者死亡的主要因素。

意识到自己可能得了糖尿病,并且可能因其并发症而无比痛苦地辞别人世的时候,一向平静似水的心呢,一下子"四海翻腾"起来了。走出医院,仰望着明亮的天空,环顾着碧绿的校园,遥望着欢乐的学子,我突然感到,环境虽然污染了,但天空仍然是那么的光明;教育虽然变味了,但校园仍然是那么的清宁;学业虽然异化了,但学生仍然是那么的可爱。

看到这里,我不禁深深地叹了口气,生活依然如此的美好,人生依然如此的美丽,可我呢,却从此要走上一条充满荆棘的不归之路!想到这里,心里不禁一阵酸楚,就像一个满怀理想和信念的人突然被判处了无期徒刑一样,不知该如何面对即将到来的牢狱般的生活。

走出校园,望着满大街熙熙攘攘的人流和来来往往的车辆,阴郁的心里忽然荡起了一丝清风。一张薄薄的纸,4个孤零零的加号,难道就此中断了人生的梦想和希望了吗?如果真是这样,那么,我的人生也忒弱不禁风了吧。一个只拉车不看道的属牛的人,面对行路上突然出现的坑坑洼洼,怎会如此纠结不止呢?难道我这头倔强的老黄牛,也变幻成了扭扭捏捏的梅花鹿了吗?这也忒与时俱进了吧!

虽然说人生如梦,但这梦呢,也断不至于像深秋的枯叶那样,见风就飘,见雨就落,见泥土就腐烂吧。望着闪闪烁烁的红绿灯,我不禁想起了24年前的那场几乎令我"魂断蓝桥"的病变。住了9个月的医院,吃了无数的药,打了无数的针,熬了无数的日日夜夜,结果呢,还是放飞的心情挽救了自己。这就像急速行进中突遇红灯一样,的确令人心焦,甚至令人沮丧。但只要有一颗平常的心,耐心地等,绿灯终究会亮起来的,暂时停止的步伐终究会继续向前迈进的。

想到这里,心头的雾霾慢慢地散开了,消失了的春天,又开始回归了。

减肥的契机

得知尿糖飙升到了危险的境地,内心的惶恐自不待言。但毕竟自己是学过医的人,对《黄帝内经》又有近25年的学习、研究和翻译,再加上自己长期以来对老庄学说的推崇和实践,不安的心情很快便平静了下来。

心情的平静,其实只是一种心态的转变,身体发生病变的事实,却是无法回避的现实。面对这样的现实,保持一种乐观向上的心态自然是必须的,却不是唯一的。就是佛家弟子,身体不适的时候,除了大念佛经、大拜佛祖之外,也还是要求医问药的。这就是为什么自古以来,佛家与医家总是那么水乳交融,不可分离。

静下心来之后,翻阅了一些医书,查阅了一些资料,对尿糖升高的诱因及其所引发的种种病变了有了更为深入的了解。尤其对糖尿病的发生、发展和变化,掌握得更加细致入微,以作应变之用。但这一切还都是自己私下的预备工作,之后的生活状态、工作安排和身体调养究竟该如何操作,还有待于医生的诊断和建议。

第二天,我到第六人民医院检查。在该院朋友的安排下,由该院的顶级专家按照西医的诊断程序,对我进行了全面系统的检查。第二天,检查结果出来了,证明了我的猜测,的确得了糖尿病。朋友在电话中调侃地说,这个帽子戴上了,可就像孙悟空的紧箍咒一样,永远去不掉了,就是释迦牟尼也没有办法,更不要说唐僧了。我问他怎么办。他告诉我,从此与药为伍,将药当成自己每天必食的一道美味佳肴,一生便会平安无事。他随之给我提供了西医、中医和中西医结合的各种治疗方案,供我选择。

听了朋友的话,我沉思了片刻说,到底吃什么药,还没有想好呢,待仔细斟酌后再说吧。放下电话,平静的心呢,又开始起了波澜。我当时还不到50岁呢,乐观一些的话,还应该有半百的人生呢,怎么能从此就以药为美味佳肴了呢？果若如此,这人生不也太苦涩了吗？不但苦涩,而且还将充满毒气。这样的人生实在太过可怕了吧。难怪在这个灯红酒绿的世界上,总会有人义无反顾地告别尘世,告别人生！

然而,对于绝大部分的尘世之人来说,活着,其实就是最大的胜利,就是最大的成功。所以,"好死不如赖活着"这一听来俗之又俗的观念,就一直是国人坚持不懈的人生底线。正因为有这样的底线,国人才在"死无葬身之地"的严酷现实面前,能够从容不迫地活着,甚至垂死挣扎地活着。不但活着,而且还活出了"中华民族悠久的历史、灿烂的文化和勇敢的精神"。可见,活着,才是人生的根本。从科学发展观的角度来看,不但要活着,而且还要活得有质有量,有声有色。不然,这人生,也就只是生物性,而非社会性。

那么,在已经患了糖尿病的境况下,如何才能使自己有质有量地活着,并且还能使自己的疾患不治而愈呢？这不仅仅是一个值得思考的问题,而且简直就是对科学观的一个挑战。根据所谓的科学观,一个人一旦患上了疾病,尤其是严重的疾患,唯一可以拯救生命的方法,就是吃药、打针、做手术,还能有其他不治而愈的方法吗？似乎没有了。但真正懂得科学的人都知道,所谓的"科学",有时其实和"二傻子"差不多,拿着根长杆子,横着竖着都进不了门,就是不知道一穿而进。疾病的防治,其实与手握长杆子进门是一个道理,能不能进,有时完全在于自己的理念和操控。

我的这一认识,自然得益于自己长期以来对中医的学习,对《黄帝内经》的研修。中医强调治未病,就是防患于未然的意思,也很强调不慎感染疾患之后的自我调理和调养。中医一直认为,医治疾病最好的药,即中医所谓的"大药",不在医家,不在药家,而在自家。这里所谓的"大药",其实就是自我的心理调整、生活调整和工作调整。

我现在患上了糖尿病,那么,根治自己疾患的"大药"究竟是什么呢？按照中医的医理,我的所谓"大药",就是对自己肥胖观的改变,就是对自己肥胖状态的调整。所谓肥胖观的改变,就是要认识到肥胖对身体的危害。所谓肥胖状态的调整,就是要立即减肥,马上减肥。

减肥的必然

肥胖导致的疾患,远不止糖尿病,还包括皮肤病、妇科病、肾病、心脏病、癌症等多种疾病,其危害几乎涉及人体的各个系统和器官。肥胖所引发的每一种疾病,无论轻重缓急,其实都会直接影响到一个人的正常生活,甚至威胁到其生命。

高血压是肥胖最容易导致的一种疾患,也是肥胖引起的最为普通的一种病变。体重越重的人,越容易患高血压,这是不争的事实。在一般人看来,高血压是非常一般性的身体变化,似乎对健康和生命没有太大的威胁,但事实并非如此。患有高血压的人,其心脏的负担比健康人要大得多。而心脏负担的增加,自然会影响到其正常生理功能的发挥。

在西医学上,心脏只是一个泵血的器官。但在中医学上,心脏的功能不仅仅是泵血,而且还主导着人的精神和思维。中医认为,心脏除了"主血脉"之外,还"主神志"。所以《黄帝内经》说,"心者,君主之官,神明出焉",将心视为人体最重要的器官,就像俗尘世界的君王一样,其作用、地位和影响至高无上。此外,心还是人体的精神和思维活动的主导者,人的思辨能力和聪明才智都源自心这个"君主之官"。

由此可见,心对人体的作用和影响是多么的重要。从生理学的角度来看,心是主管血脉的,如果心的负担加重,无法正常地发挥其生理功能,那么,血液及其所运行的通道血管就会大受影响。如果血液的运行不畅,如果血管受阻,那么血液就很难被顺利地输入人体的其他部位,所导致的严重后果自不待言。

在人体,心是主血的,肝是藏血的,脾是生血的——即将人体吸收的营养物质转化为血液,三者的关系可谓"一损俱损,一荣俱荣"。如果心失去了主血的功能,那么肝藏血的功能和脾生血的功能势必将大受影响。如果这三个"三位一体"的器官无法发挥其正常的生理功能,那么人体可就要真的变成"臭皮囊"了。

从精神学的角度来看,如果心的功能受到损害,那么人的思维意识和精神状态无疑也将大受影响,因为心还"主神志","神明"也出自心中。所以血压不正常的人,特别是血压较高的人,其精神状态不仅会受影响,而且其思维功能和聪明才智也会因之而大打折扣。这就是为什么人过度肥胖之后,其反应能力和思辨能力就比较低的根本原因。

从临床实践来看,肥胖之人即使血压轻微地偏高,也会影响其正常的生活,尤其是年龄偏大的人。对于年龄超过60岁、身体较为肥胖的人而言,即便其血压仅仅稍高于一般正常的人,但其患脑中风的几率却比血压正常的人要高出3倍多,而由此导致的死亡率也比正常人要高出1倍多。

可见,肥胖导致的高血压,虽然从病理学上看,属于一般性的病变,但其对身体造成的危害却远远大于常人的识见。为了保证自己的健康,为了保证自己的生命安全,肥胖引起的高血压确实不可忽视。但从根本上说,肥胖本身,更不可忽视,更要非常重视。要从根本上保证自己的健康,保障自己的生命安全,就要努力地消除肥胖,防止肥胖。

肥胖给人体带来的危害,除了看得见、摸得着的病变之外,还有一些看似常态性,却暗含杀机的变化。胖人多汗,这也是比较常见的一种表现。对于一般人而言,出汗是非常正常的生理反应。但对于肥胖之人而言,经常出汗,则容易破坏皮肤预防感染的功能,易导致诸如湿疹、红疹、疥癣等皮肤疾病的发生。所以,胖人的皮肤上若有斑斑点点的痕迹,这就是皮肤病的征兆。

现代人最害怕的就是癌症,而肥胖与癌症也有着直接的关联性。美国癌症协会研究发现,一个人的体重若超过同年龄者平均体重的40%,那么,其患子宫内膜癌的机会就是正常人的5.4倍,患胆囊癌的机会是正常人的 3.8 倍,患子宫颈癌的机会是正常人的 2.4 倍,患乳腺癌的机会是正常人的 1.5 倍。

　　肥胖给人体带来的危害,由此可见一斑。要消除这些危害,唯一可行之法,便是减肥。

减肥的选择

望着自己如此肥胖的身体,看着白纸黑字的检验数据和诊断书,仔细研究了朋友为我提供的治疗糖尿病的各种方法,我最终选择了不打针不吃药的治疗大法,即减肥疗法。

导致糖尿病的原因一般有二,一是遗传因素,二是环境因素。所谓的环境因素,主要包括进食过多、运动过少这两大因素。我自己平时的进食确实过多,而体力运动则几乎没有,这正是自己患上糖尿病的主要原因。要根治自己的这一疾患,比较客观实际的治疗方法,当然是减少饮食,增加运动,消减脂肪。这,就是我为自己确定的治疗方案,即通过减肥达到医治糖尿病的目的。

但如何减肥呢?这确实是个难以定夺的问题。在时下的中国,减肥之法可谓无处不有,无处不在,实在多之又多。这一方面说明了国家的确发达了,人民的确富裕了,生活的确幸福了。不然,哪会有这么多的肥胖之人?哪有这么多的减肥机构、减肥专家和减肥要方呢?但另一方面,这也说明了减肥这个领域的泥沙俱下、鱼目混珠。这也从一个侧面提醒减肥者,对减肥方法的选择,千万要慎之又慎,不可盲目从之。

上海一家民营医院中医理疗科的网页上,大张旗鼓地宣扬这么一句话:

要么瘦,要么死?

这话说得,虽然有些刻薄,甚至纯粹是出于"商业利益"的考虑,但从肥胖对人体的危害来讲,还是有几分道理的。这是毫无疑问的。

该网页上介绍了各种各样的中医减肥方法,包括针灸、穴位埋线、耳穴按摩、推拿、点穴、拔罐等等。此外,该网页上还批评了几种不良的减肥方法,包括运动减肥法、节食减肥法、抽脂减肥法等。当然,该网页上还不厌其烦地大肆宣传了该理疗科奇效无比的减肥方法及手段卓绝的治疗医生。

对于这样的宣传,对于这样的广告,我想,大家和我一样,从平面媒体、立体媒体和街头巷尾不知看到了多少,听到了多少。这些宣传和广告,虽然天天都可以忽悠到一波又一波心怀瘦身愿望的男男女女,但实际效果呢,却是非常值得商榷的。如果这些减肥方法的效果确如广告宣传的那样奇妙无比,那么,这个世界早就成了苗条者的天堂了,这个尘世之人也早就变得像柳条一样婀娜多姿了,哪里还有这么多一天到晚为瘦身而纠结不已的人群呢?这就如时下的东洋、西洋一样,越是大力宣扬的,越是要断子绝孙的。所以,对待这些时下流行的减肥大法要法,我是一直心存疑虑的。

仔细研究了各种减肥方法后,根据自己的实际情况,我为自己制定了一个"吃饱吃好、健康瘦身"的减肥方法。这个减肥方法听起来似乎有些矛盾。既然要"吃饱吃好",如何能"瘦身"呢?其实呢,瘦身与吃饱和吃好一点也不矛盾。这里涉及一个概念和理念的问题,即人为什么要吃饭,吃到什么程度为好。从生理学和心理学的角度来看,对这个问题的认识,不仅仅涉及减肥这一现实问题,而且也关乎人生的处世哲学。

在一般人看来,减肥,就是严格控制自己的胃口。这不仅意味着"口福"减少了,而且还意味着生活的"享受"、生活的"情趣"也都没有了。这就是为什么有些人减肥时会有失落感的重要原因。对于大多数尘世之人来说,人生不就是"吃喝玩乐"么,一旦控制了胃口,不就意味着人生的意义就要减少一半了吗?对于具有"远大理想和抱负"的所谓"仁人志士"而言,这样的观念,自然是"低级趣味"的,应当摒弃的。但对于绝大多数的尘民而言,这却是至为具体实际的人生追求。

作为尘民的一员,我自然也满怀着这样"低级趣味"的生活信念和人生追求,没有"仁人志士"所谓的"远大理想和抱负"。正因为如此,我才为自己设计了在不影响"吃饱吃好"的前提下,既要实现"减肥"目标,又要保证身体"健康"的瘦身之法。按照当代国人对孔孟之道的理解,我的这一减肥之法,亦可谓"中庸瘦身法",很有文化内涵呢。

减肥的概念

既要"吃饱吃好",又要"瘦身",还要"健康"。这到底是什么样的减肥之法呢？说是"中庸瘦身法",这样的"中庸"究竟又是怎样的"可道之道"呢？

关于这个问题,我想,还是从"吃"说起吧。

关于"吃"的问题,国人自古以来便有这样那样的见解,从"吃"这个字的结构,就可以看出几分真谛来。汉字"吃"由"口"和"乞"两个部分构成,所谓"吃"者,即"口"有所"乞"也。老百姓所谓的"嘴馋"、"馋嘴",其实就是对"吃"这个字、对"吃"这个概念的通俗注解。换句话说,人活着,就不能将"吃"看作是生命的根本所在。若其不然,人不就变成了嘴巴乞丐了吗？但在尘世之间,嘴巴乞丐还真不罕见呢。这样的乞丐,往往是见吃的就心花怒放,缺吃的就低三下四,没吃的就为非作歹。

"吃饭是为了活着,但活着不是为了吃饭。"这句话是谁说的,我没有仔细去考察。可能是西方人说的吧,反正时下的国人——尤其是高档的国人——最喜欢拾人牙慧的,不就是西方的种种又种种么。不管怎样,这句比较流行的高雅说法,毫无疑问,是关于"吃"的问题的最有哲理性的解答。这个解答,对于如何在"吃饱吃好"的前提下,健健康康地"瘦身",我想,也是一个非常有效的心理引导和生活指导。

在准备通过减肥恢复健康的时候,我也认认真真地思考和考察过这样的一些问题。人为什么要吃饭？究竟吃到什么程度才算吃好？到底吃到多大的量才有利于健康？这些问题,大概也是所有想减肥的人都思考过的问题。当然,不同的人对此可能有不同的见解。但无论见解如何,大家所追求的目的和效果应该都是一致的,即既能减去身体上多余的脂肪,又能继续享受自己的"口福",并且能保证自己身体的健康。这个看似矛盾的观念，其实并不矛盾。关键是看想减肥的人是如何布局、如何平衡自己的矛和盾的。

　　人为什么要吃饭呢？当然是因为饿了。那么，究竟吃到什么程度才算吃好了呢？当然是吃饱了才算吃好了。这里又涉及一个需要认真思考的关键概念，即"吃饱"。什么叫"吃饱"呢？"吃饱"的标志和指标又是什么呢？这就需要与"饥饿"这个概念联系起来去理解、去感受。人吃饭的原因，是因为饥饿。那么，客观地说，吃到不饿的时候，就应该算是吃饱了。这个话听起来似乎毫无意义，吃饱了当然就不饿了，这还用问吗？其实呢，很多人之所以越吃越胖，其根本原因就在于没有"问"这个表面上看来无须"问"的问题。

　　所谓"吃到不饿的时候，就应该算是吃饱了"，指的就是吃饭吃到饥饿感消失的时候，就已经吃饱了，就应该停止进食了。这个看似简单的概念，对于绝大多数的尘民来讲，其实都是一个从未注意的客观问题，尤其是那些身体肥胖、时时都想瘦身的人。如果将这个概念视为"吃饱"了的一个指标去检验，那么，绝大部分的尘民——无论胖子瘦子，无论大人小孩，无论男人女人——每餐至少都多吃了三分之一，甚至多吃了三分之二。

　　阁下若不信，吃饭的时候自己可以去亲自感觉感觉、体验体验。一般的情况是，饮食者早就吃饱了，但看着满桌色香味俱全的美食，忍不住还要继续吃，直吃得饱嗝连连。就是一个人在家独自吃饭的时候，也往往是早就吃饱了，但碗里盘里还有剩余的饭菜，便自然而然地继续吃，直到吃得盘光碗净为止，自然也吃得自己又伸脖子又喘气。这样的体验，不仅人人有，而且几乎天天有，顿顿有。肥胖之人，尤其如此。

　　一般人每餐至少多吃了三分之一，肥胖之人就更不用说了。因此，对于肥胖之人来说，要减肥，最为简单便捷的方法，就是将自己多吃的那三分之一或二分之一减掉。也就是说，如果肥胖之人真的想减肥的话，那么从自己下定决心的那一刻起，每餐首先应该减少进食的三分之一，以正常的观念来主导自己的饮食。而减去的三分之一，从根本上说,丝毫不会影响饮食者的"口福",只是将其进食的不良习惯恢复正常而已。而要做到这一点,首先必须明确"吃"的目的和"吃饱"的概念。这是成功减肥最基本的前提条件。

减肥的方法

减肥的方法多种多样,每个人除了身体的实际状况外,还有自己的饮食偏好和生活兴趣,因而也就有了自己独有的选择和取向。但有一点是需要认真考虑的,就是要从实际出发,客观地把好自己的状况和选项,避免出现任何偏差和误导。

就我个人而言,我以为自己之所以加入了糖尿病患者的行列,一个很重要的原因,就是身体过胖,脂肪过多,血压过高。而导致这一切的根本原因,就是进食过多,肥胖过度。而要减少脂肪,就需要控制进食。控制饮食的方法,首先是明确"吃"的目的和"吃饱"的指标。正如前面谈到的那样,我以为"吃饱"的指标就是饥饿感的消失。把握住这个指标以后,饮食的掌控就比较方便了,饮食的习惯也就易于调整了。

树立了这样一个概念,我首先做了两手准备。一是调整好自己的精神状态,为减肥做好心理准备。二是调整好自己的饮食习惯,以吃饱吃好为原则,避免吃多吃撑。既然吃饭的目的是因为饿,那么在不饿的情况下就不要轻易进食,更不要额外增加食量。对于一般人而言,在生活中,尤其是在家里的时候,时不时地尝尝零食,品品水果,喝喝饮料,是非常自然的生活做派。但对于肥胖之人而言,尤其对于准备或正在实施减肥工程的人而言,这样的生活习惯是非常无益于健康,无益于瘦身的,需要认真地加以调整和调理。

现代社会的人,吃饭的时间几乎是统一的。比如在学校,早上6:30,中午11:30,下午4:30,固定地开饭用餐。其实对于不少人来说,虽然到了开饭的规定时间,但自己的胃呢,其实还挺满实的,一点饥饿感都没有。在这种情况下,常规性地用餐,实际上就像某种机械运动一样,既缺乏生活情趣,也缺少生理需要。这当然是摩登时代的摩登做法,生活在这样一个社会中的人,谁能避而免之呢？只好束手就擒了。

但对于进入减肥状态的人而言,对于启动了减肥工程的人来说,这样的束手就擒,其实是非常要不得的,需要认真地加以调整。一般来说,吃饭的前提是因为饥饿,所以应该是在饥饿感产生之后再去进食。如果在一点饥饿感都没有的情况下进食,这无疑给脾胃增加了额外的负担。但在一切都程式化、程序化的社会里,大家都遵守着统一用餐这样一个人为的规律,作为其中的一员,即便启动了减肥工程,也很难不与大家为伍。在这样一种无奈的情况下,如果自己的饥饿感还没有产生,比较客观一点的做法是,可以随大流地暂时少量进食,将多余的食物包装起来,以备不时之用。千万不要为了完成任务而强行进餐。

我个人最初的做法是,调整好自己的心理和生理状态之后,每餐首先减去三分之一。以前的早餐,一般要享用一碗粥,两个馒头,一个煮鸡蛋。但现在呢,一碗粥,一个鸡蛋即可,两个馒头完全可以省去不用。省去馒头还有一个很重要的原因,就是其属于淀粉制品,含糖量较高。所以对于肥胖者或减肥者而言,过多食用淀粉制品是非常不利于健康的。

以前的午餐,在单位一般需要享用四两米饭,一荤两素,外加一点副食。在家里,那就不计其量了,吃得越多越好,最好是将做好的饭菜全部吃光。民间有"宁可撑死人,不让占个盆"的说法,对此,我一直坚守不弃,以为是人生的真理。现在呢,在单位,一荤两素,二两米饭,副食不加。在家里呢,一荤一素,二两米饭即可。额外的零食,严加控制。

以前的晚餐,可谓丰盛至极。在上海工作,一家人一天都不见面,好不容易等到晚上才得以团聚,自然要做一些可口的美餐,好好享受享受。现在呢,一碗粥,一碟青菜,外加一碟小荤即可,主食甚至都不用了。这样的晚餐,看起来的确过于清淡,但对于身体却是非常有益的。因为晚餐之后,人体就进入了休眠状态。如果晚上饮食过量,人虽然进入睡眠状态,但肠胃呢,还在不停地运动。这不但增加了肠胃的负担,而且影响了人体整体机能的正常发挥。晚上吃得过多的人,早上起来口中发苦、发臭、发窘,就是最为显著的表现。

经过这样一番饮食调整,几天之后,我的体重即开始下降,一个半月之后,饮食量自然减少了一半,想多吃都不可能了,因为肠胃已经还原了,无法再容纳过量的饮食了。

减肥的动力

减肥是需要动力的,没有动力,就没有减肥的勇气和毅力。这是我的经验之谈,也是我实现减肥目的的一个重要保障。没有这样的保障,所谓的减肥,只能像现在学界的一些英雄好汉一样,只是玩玩概念而已,根本无意深入其中,更无意把握其要。

那么,减肥的动力究竟是什么呢?是否像汽车里的发动机一样,需要花很大的力气和代价去购置吗?所谓的减肥动力,其实就像前面谈到的人体的"大药"一样,不在医家,不在药家,而完全在自家,当然不需要花费任何力气和代价去购置。这样说似乎有些忽悠人的感觉,但仔细想想,这样的忽悠,却是非常客观的,更是非常靠谱的。

所谓减肥的动力,说白了,就是一种希望和期待。希望自己生活得更美好一些,生活得更长久一些,生活得更轻松一些。期待自己能像常人一样,行走起来能步履轻盈,奔跑起来能健步如飞,静坐下来能心静神宁。这样的动力,自古以来可谓人人都有,而且都很强大。不然,朝朝代代挣扎在生死线上的吾国吾民,如何能心安理得地活到老,挣扎到老,希望到老呢?国人所谓的坚持不懈,从某种意义上讲,诠释的就是这样一个不管风吹雨淋始终满怀希望的信念。有了这样的坚定信念,不管什么样的严酷现实和残酷遭遇,吾国吾民都可以淡然面对,坦然处之。这正是西方人无法理解中国人的重要一点。

这样的动力,对于人生,自然是至关重要的,不可或缺的。世界上其他文明的创造者,之所以没有将其文化和文明传承下去,最主要的原因,我想,大概就是欠缺了中国人自古以来所秉持的这样一种信念和动力吧。对于减肥者而言,这样的信念和动力是有的,也是强大的。但力度呢,却往往比较表浅,所以很难实现其理想的目标。这就像朱元璋的治国方略一样,意义被提升到了天际的高度,宣传被拓展到了天边的宽度，重视被强调到了海底的深度，但作用呢，却被忽悠到了耳风的力度。这样的高度、宽度、深度和力度，对于治国安邦平天下的正人君子而言，是必须的，也是必然的。但对于真正想通过瘦身实现健康生活、快乐生活、轻松生活目的的人而言，却是自残自毁的。

　　为什么减肥者动力强大而力度虚弱呢？调侃一点地讲，这是因为自己忽悠自己的结果。严肃一点地讲，这是自己摧残自己的后果。肥胖带来的行动不便、身体不适和健康危害，肥胖者可谓无人不知、无人不晓。希望减肥，渴望瘦身，这可以说是所有肥胖者的共同心愿。但为什么在减肥的事业中，成功者往往寥寥无几，而失败者呢，却总是大兵压境呢？

　　原因很简单，就是因为减肥者没有从根本上将自己的生活与自己的健康直接关联起来，没有从根本上将自己的生命与自己的肠胃联系起来。所以，尽管心力很强，希望很大，举措也很有力，却往往三天打鱼两天晒网，难以坚持到底。这就是很多减肥者或以半途而废或以失败告终的主要原因。为什么没能坚持到底呢？就是因为没有将其与自己的生活和生命关联起来，给自己留下了太多的迂回空间，给了自己太多自我解脱的口实。

　　对于减肥者而言，推进瘦身工程，不仅仅是为了身体的苗条，更重要的是为了维护自身的健康，为了保护自己的生命。这是实打实的目的和目标，没有任何可以忽悠的余地。有了这样的认识，减肥的动力就会由表层转入深层，减肥的举措就会由忽悠而转变为实际了。

　　对于尘世之人而言，为了健康，还有什么舍弃不下的呢？为了生命，还有什么付出不了的呢？对于这个问题，躺在医院手术台上的人，走近奈何桥头的人，其认识是最为深刻的，最为透彻的。而身陷车水马龙的人，漫步花前月下的人，对此可能会有理解，却很难付诸实践。毕竟，自己没有病入膏肓，自己没有接近死神。

　　这就是绝大部分肥胖者和减肥者潜意识中的思辨。正因为有了这样一些思辨，才使得很多减肥者有意将自己的肥胖与自己的健康和生命分离开来。有些人虽然没有将其分离开来,却不断地给自己留下一条又一条的退路,并且每条退路都附有这样那样合情合理的说辞。有了这样的退路和说辞,肥胖自然是减不掉了,不但减不掉,而且还会不断地增加。

减肥的意志

减肥需要意志吗？答案自然是肯定的。人生的任何追求，都是需要意志的，都是需要坚强的精神作为后盾的。没有意志的人生，就像没有根基的植物一样，虽然在水瓶中可以昂扬数日，却永远无法与四季相迎，与日月共生。

昨天晚上，上海电视台播放了第一季达人秀朱晓明的减肥故事，令很多观众大为惊讶。登上达人秀的舞台时，朱是个典型的肥胖达人，现在居然一下子减去了120斤，确实令人震撼！朱是如何减肥的呢？媒体已经有了较为详细的报道。虽然媒体的报道，往往都是以点带面的，甚至是忽悠民众的，但朱的现身说法，多少还是客观实际的，还是值得瘦身减肥者效法的。对此，已经有商家利用朱的达人名声和成功减肥在为自己的商品做广告了，准备效法的民众，可千万要小心谨慎了。朱减肥的成功也许采用了一定的"科学"道理，也许借助了一定的"先进"技术，但归根到底，还是要靠自己的意志和精神。

依靠自己的意志和精神减肥，应该是所有成功减肥者共有的经验和感受。而这样的经验和感受，充满其中的，应该是轻松的生活、轻盈的心态、轻巧的交往。而依靠"科学"的道理和"先进"的技术减肥的人，也许有成功的实例，但其生活是否是轻松的，其心态是否是轻盈的，其交往是否是轻巧的，却很不一定呢。这就像因坚定的信念而勇往直前与因强权的压制而被迫向前一样，其心理感受、精神体验和实际效果是完全不同的。

所以，减肥生活的第一步呢，就是认清自己的状况，坚定自己的意志，明确自己的目标，制订自己的计划，实现自己的理想。这样坚定的信念、远大的理想和热切的希望，是成功减肥的第一大要。怀有这样的信念、理想和希望，便能将自己生活的目标由眼福、口福和发福转换成恬淡、虚无和淳朴,为自己的健康和减肥铺平一条宽广的大道。如果没有这样的目标转换,那么,减肥就必然变成上老虎凳一样的艰难折磨了。许多人总想减肥,却一直停留在嘴上,而无法落实到行动中去,就是因为其生活的目标从根本上还没有得到有效的转换。这就像满脑子金钱、荣誉和地位的人,想要成为文天祥第二一样,不但自己举目无向,就连周公,恐怕都不会给他任何梦幻般体验的机会呢。

减肥的这第一步,如果迈得比较扎实,行得比较稳妥,那么,接下来的一步步都会走得比较平稳、比较有效。我在下定决心减肥的时候,这第一步迈出得既坚定又坚强。坚定是意志上的,而坚强则是行动上的。有了坚定的意志,行动上的努力就一定会坚强起来,就一定不会被珍馐佳肴的"色香味"所吸引,就一定不会因"人生如梦常玩乐,人生苦短多吃喝"这样的虚无观念而妥协。吃喝当然是应该的,也是人的生存所必须的,但多吃多喝却是需要严加控制的,尤其是肥胖之人,更要慎加注意。

减肥的第二步呢,就是认认真真地、扎扎实实地、一步一个脚印地将自己的减肥计划落到实处。要落实自己的减肥计划,最重要的就是要有诚心,要有恒心,要有耐心。所谓的诚心,就是要为自己负责,为家人负责,为未来负责。所谓的恒心,就是要持之以恒,不要轻易变更自己的计划,不要给自己留下任何退缩妥协的空间。人无论做任何事情,都喜欢给自己留下一些退路,这是人之常情,就是圣贤也是如此,不然的话,孔子哪能红着脸去拜见声名狼藉的南子呢?

但如果自己计划要做的或必须要做的,完全是为了家人的幸福,为了自己身体的健康,为了自己生命的保障,那么,这样的退路呢,不是不可以有,最好不要为了一时之利而退缩妥协,更不要为了嘴馋、眼馋而改弦易张。不然,自己的人生就会变得像浮云流水一样,不仅从此随波逐流,而且还将毫无把握。

减肥的第三步呢,就是平静自己的心情,开拓自己的视野,醇化自己的心理。用一句诗词来概括,那就是"两眼向阳看世界,热风春雨洒江天"。心境的平静、心理的醇化和视野的开阔,是成功减肥的精神保障。没有这样的保障,减肥不但是痛苦的,而且是无法实现的。

减肥的鼓励

人是需要鼓励的,这是历史与现实不断证明了的真理。做父母的,当老师的,都知道,要教育好小孩,就需要不断地鼓励和激励,老是批评指责,往往很难起到积极的指导和引导作用。这是大家都明白的道理。小孩需要鼓励,大人呢,其实更需要鼓励,不但需要别人的鼓励,而且更需要自己的鼓励。

在这个世界上,不但人需要鼓励,就连动物和植物,也都需要鼓励。看过动物表演的人都知道,动物的那些超常技能,都是在驯兽师的鼓励和诱导下训练出来的。当然,在训练的过程中,惩罚也是必要的,但若只是一味地惩罚,成功的可能就会大打折扣,不但会大打折扣,还极有可能引起动物的揭竿而起呢。家养宠物的人,大概都有这样的体验。所以,鼓励对于宠养动物和训练动物的重要性,大家都是心知肚明的,毫无疑义的。

但植物也需要鼓励吗?如果说是,那么这一说法呢,一定会引起很多人的质疑。对此,日本有位学者曾经做过一项颇为新颖的实验,采用激励和训斥的方式培养植物,证明了这一说法的客观性。这位日本学者,将同样的植物分为两类,一类天天挨训挨骂,一类天天表扬鼓励。结果呢,天天挨训挨骂的植物,越来越没有精气神了,甚至慢慢地都枯萎衰亡了;而天天表扬鼓励的植物呢,则越来越精神旺盛了,越来越活力充沛了。这说明,就是植物,也是需要鼓励的。

说了这么多的闲话,目的呢,就是想说明鼓励在减肥过程中的重要性。减肥过程中的鼓励是两方面的。当减肥效果显著的时候,一定会引起家人、同事和周围民众的关注,也一定会赢得他们的称赞。这样的称赞,便是外在的鼓励。外在的鼓励是需要条件的,这个条件就是减肥效果的显著,不然是无法引起别人注意的,也不可能获得别人的赞扬和鼓励的。在减肥效果还不显著的时候,更是需要鼓励的。

这时候的鼓励,便是来自于减肥者自己,即要自己鼓励自己,自己给自己鼓劲打气。这是减肥过程中的内在鼓励,也是最重要的、最有效的鼓励。这样的自我鼓励,不是要自高自大,而是要自强自立。

那么,减肥者应该如何自我鼓励呢?我想,"好好减肥,天天向下"便是减肥者最大的自我鼓励。"好好减肥",很好理解,但"天天向下"呢,似乎有些别异。对于减肥者而言,所谓的"天天向下",就是体重每天都要有所下降。这应该是对减肥者最好的鼓励。为此目的,减肥者应该购买一台灵敏度比较高的电子秤,每天晚上入睡前称一称,早上起床后再称一称。制作一张图表,将自己每天的体重记录在案,构成一幅生动形象的体重下降示意图。这个示意图的直线下降,当然是非常理想的,令人鼓舞的,却不一定是非常自然的,更不一定是非常健康的。所以,减肥者应该有逐步推进的意识,不要操之过急,以免影响身体。

正常的减肥示意图上,体重下降的曲线应该是比较舒缓的,比较平稳的。身体超重是不健康的,但体重的突然下降也是有损健康的。平稳舒缓的体重下降,是减肥者必须遵循的一个自然规律。这样的减肥行动,非常有益于身体各组织器官的自行调整和自然适应。有的人在减肥过程中,出现身体不适的变化和心理失落的反应,与其身体相关部位缺乏自行调整和自然适应有很大的关系。虽然在减肥的时候需要有"天天下降"的意识和追求,但"下降"的量和度一定要自然平稳,不可人为突破。

此外,减肥过程中的不断采购新衣,也是对减肥者欣欣然的鼓励。因为肥胖者一般的服装都是超大号的,一旦开始减肥,这超大号的服装呢,慢慢地就变成了长袍、麻袋。随着体重的下降和身材的苗条,旧有的长袍、麻袋式的服装,显然已无法适应新生活的需要了。曾经令自己做梦都不敢想的"时装",现在居然可以飘逸在自己的身上了,在熙熙攘攘的人群中,自己简直变成了明星一族!这一变化,对于减肥者而言,尤其对于女性瘦身者来说,实在是天翻地覆的变化,真可谓"换了人间"。这样的变化,对减肥者的精神鼓励,甚至远远赛过千金万金的奖励。

我的减肥食饮

减肥的食谱

减肥者该吃什么呢？吃什么才能减肥呢？关于这个问题，学界和民间都有很多的意见和建议。翻开书籍，打开网页，咨询医家，这样的说法，实在是"多哉乎，太多矣"！

面对如此众多的减肥食谱，究竟该做出怎样的选择呢？对于这个问题，我个人的看法是，从自己的实际出发来考虑，不一定完全听"专家"的话。每个人都有自己的饮食习惯和生理特点，在减肥时也应该有自己独特的饮食取向。这与人们一般生活中的食物选择其实是完全一样的。比如在冬季的时候，人们都觉得吃羊肉比较有益于养生，因为羊肉是温性的。但对于厌恶膻味的人来说，吃羊肉，那简直就像上老虎凳一样的恐怖，岂能选择！

当然，选择自己的减肥食谱时，也需要考虑哪些食物不易增肥，哪些食物有利于减肥。这也是所谓的科学观，哪能不考虑呢！但在考虑的同时，更需要牢记在心头的还是自己与生俱来的生活习惯和饮食偏好。比如说我自己吧，与生俱来的饮食习惯就是喜素厌腥。安排自己的减肥食谱时，当然首先要从素食这方面去考虑，去选择了。

这里我顺便对食性做一点解释。一般人常将食物概括为"荤素"两类，以为"荤"是指肉类食物，"素"是指非肉类食物。"素"当然是指非肉类的食物，这是没有问题的。但"荤"呢，却不一定指肉类食物。这从"荤"这个字的结构即可看出几分端倪来。"荤"有一个草字头,这说明"荤"一定和植物有关系。事实也确实如此,"荤"实际上是指有较为浓郁气味的蔬菜,如香菜、茴香、葱蒜,甚至连芹菜、韭菜都算是"荤"类的蔬菜。佛家所谓的"不食荤",实际上应该是指不吃有浓厚味道的蔬菜,以免影响心性的宁静。

佛家当然也不吃肉。那么,肉食应该如何表示呢?不吃肉又该怎么表达呢?从我们中国传统的观念和字法来看,肉的特点是"腥",所以人们就常用"腥"来喻指肉食。所谓的不吃肉,就是"不食腥",而不是"不食荤"。佛家"荤"与"腥"皆不食用,所以正确的说法应该是"不食荤腥",而不是"不食荤"。其实呢,"不食荤"、"不食腥"、"不食荤腥"者,并不仅仅局限于佛家。在尘世之中,这样的饮食偏好者,自古就大有人在。我本人就是一位天生的素食主义者,我虽不食"腥",但我是食"荤"的。

在准备减肥的时候,我其实没有什么"食谱"的意识,这当然与自己在饥饿中成长的经历不无关系。因我比较喜欢食素,所以基本的做法就是增加蔬菜,减少淀粉。在众多的绿色蔬菜中,我选择了多吃芹菜、洋葱和木耳。这种选择,当然也有对其功能的考虑,但更多的则是从实际出发。比如说木耳吧,每年老泰山都会为我准备很多秦岭山区出产的木耳,但我一直以来都很少食用,积攒了一大包又一大包。在上海,一日三餐能有一餐在家自做自受就不错了,哪会有那么多的机会自产自销呢?这次便借减肥的机会,大量地食用了木耳,至于怎么食用,下面再具体介绍给大家。

选择芹菜,其实是有一点用意的。大家都知道,芹菜有降血压的功效。这也是我患上高血压之后,一直想将其作为主打蔬菜的原因,但因为味道偏厚,所以只是偶尔尝尝,很少将其作为主菜。这次将其作为减肥的首选蔬菜,主要是考虑到其总体的功效。实际上,除了平肝降压以外,芹菜还有养血补虚、清热解毒、利尿消肿、防癌抗癌、镇静安神等功效。

芹菜含有酸性降压成分,所以有益于降血压;其含铁量也比较高,所以能补充妇女因经血过失而引起的皮肤苍白、面色无华、目光暗淡、头发干燥。作为高纤维食物，芹菜在消化过程中还能产生一种抗氧化剂，从而抑制肠内细菌产生的致癌物质。此外，芹菜还含有一种有镇静作用的碱性成分，有利于安定情绪，消除烦躁。秋季气候干燥，容易导致口干舌燥、气喘心烦、身体不适等症状，常吃些芹菜有助于清热润燥，解毒去病。

　　正是考虑到芹菜这些独特的功效和作用，我才将其作为减肥的首选蔬菜。每天中午去菜市场购买一斤左右，清洗切碎，放入少量的油和盐加以清炒，与清煮的木耳和凉调的洋葱一起食用。主食一般为2两以下的米饭或馒头。喝的，当然是人世间最好的饮料——白开水。

减肥的黑食

所谓黑食,当然是指黑色的食品,黑木耳就是其中之一。因老泰山的关心,家里储藏了不少黑木耳,但在上海这个摩登的社会里,一日三餐这样自然的家庭生活很难维持,像黑木耳这样一些美味的干菜便没有了烹饪的机会,只好年复一年地当作藏品束之高阁。

当我开始准备减肥食谱时,首先想到的便是家里储藏已久的黑木耳,想借此机会将其消费。这样的考虑,其实与黑木耳自身的功效和作用,也是有一定的关系的。作为中国传统的美味食物,黑木耳的功效和作用一般尘民还是略知一二的,我也不例外。

黑木耳,又名木蛾、树鸡、云耳、耳子等,是生长在朽木上的一种食用菌,因其颜色淡褐、形似猫耳朵,故而唤作木耳。对于木耳,虽然直到结婚之后我才在岳父家里亲眼得见,亲口得尝,但对其概念,我自幼便有所耳闻。记得舅父有一次和我谈起"朽木不可雕也"的孔训时,意味深长地说:"朽木虽然不可雕,却可以培育木耳,还是有其重要作用的。"我问舅父什么是木耳,木头怎么还有耳朵。舅父微笑着告诉我,所谓的木耳,就是木头腐朽之后,在其表面生长的一种看起来像猫耳朵一样的厚墩墩的菌类,尝起来像肉一样的。这种菌类不仅可以当菜吃,而且还是非常珍贵的美味呢。

听了舅父的描述,我感到既新鲜又奇怪,腐烂的木头上居然还能长出如此美味的食物,这难道就是所谓的"鬼斧神工"吗?但那时几乎天天过着"吃糠咽菜"日子的我,自然是无论如何也想象不出朽木上生长的像猫耳朵一样的美味的。后来上了大学,好像在一部介绍东北的图画书上,看到了木耳的图片。看着栩栩如生的图片,想着当年舅父的描述,我的思绪像习习的晨风一样,飘飘然地飞向了遥远的东北,飞到了朽木的世界。这段想象中的经历,不仅满足了自己长期以来因穷困而养成的幻想习惯,而且还激发了我对流传千古的孔子学说的质疑,同时也启迪了我对"一分为二"的所谓唯物辩证思想的透彻感悟。

从此之后,对鬼,对狗,对强盗,我都有了全新的、全面的、客观的认识,不再坚持传统的单一看法了。几年前,我提出的构建"小偷经济学",就是从朽木生木耳的奇景中得到的启发,看到了小偷对国家经济的发展、社会的进步和司法的健全所发挥的不可替代的作用。2013年出版的《月落闲阁》中提出的"鬼人"和"人鬼",也是从朽木生木耳的奇异中获得的另类感受。当然,这样的另类感受,和朽木生木耳的奇异相比,只能算是变异,而不是奇异。

黑木耳的营养价值是非常高的,这一点对于现代人来说,可谓人人皆知。科学研究表明,每百克黑木耳中含有蛋白质10.6克,脂肪0.2克,碳水化合物65.5克,粗纤维7.0克,钙357毫克,磷201毫克,铁185毫克。此外,黑木耳中还含有维生素B1、维生素B2、胡萝卜素、烟酸等多种维生素和无机盐、磷脂、植物固醇等。尤其值得一提的是,黑木耳的含铁量特别高,比蔬菜中含铁量高的芹菜还要高出20多倍,比肉食中含铁量高的猪肝还要高出7倍多,从而成为食物中的含铁之冠。从这些客观的数据可以看出,黑木耳确实是一种珍贵的天然补血食品,对养生保健具有非常重要的作用。

更为难能可贵的是,黑木耳还是一种减肥食品。黑木耳中含有丰富的纤维素和一种特殊的植物胶质。这两种特殊的物质被人体摄入后,都能促进胃肠的蠕动,促进肠道脂肪食物的排泄,从而减少食物脂肪的吸收。这不仅能防止肥胖,而且还能起到减肥瘦身的作用。所以中医学认为,经常食用黑木耳,不但能益气,而且还能轻身。所谓的益气,就是补充人体的营养,强化人体的机能。所谓的轻身,就是减肥瘦身的意思。近年来的研究发现,黑木耳还有阻止血液中胆固醇的沉积和凝结的作用,因而对冠心病和脑心血管疾病患者亦颇为有益。此外,黑木耳中还含有胶质,有较强的吸附力,可以起到清理消化道的作用。

对于黑木耳这样功效强大、作用多样的食物,减肥者食用时,当然不宜采用常规的方法进行烹饪。我个人的做法是,将其在清水中煮熟后,蘸着醋水素吃即可,不必加入任何作料,这样更有利于减肥,实际的效果呢,也确实如此。这是我个人的经验之谈,仅供大家参考。

减肥的白食

　　面粉是白的,大米是白的,肥肉也是白的。但减肥的白食,当然不是指的面粉、大米和肥肉,而是指的白色的蔬菜,当然也包括白色的豆腐。虽然豆腐是用黄色的大豆制作而成的,但通过卤水点拨之后,就化黄为白了,可以看作白色的食品。一般来说,常吃一点豆腐,也是有益于健康和减肥的。

　　白色的蔬菜很多,包括萝卜、白菜等等。在减肥之前,白菜是我的家常便菜。这倒不是考虑到它的养生效用或医疗作用,而是觉得价格比较低廉,购买比较方便。萝卜虽然也是这样,但烹调起来比较麻烦,煮了大半天还不一定能熟透呢。在一天到晚手忙脚乱、来去匆匆的都市生活里,在快餐意识愈来愈强烈的时代里,哪里还有时间和兴趣清蒸慢炖萝卜这样的蔬菜呢!所以平时做饭时,萝卜用得就比较少一些。但对其养生和医疗的价值,我是非常清楚的,所以周末也会买一点,切成细丝,做成凉菜,清爽清爽胃口。

　　白萝卜又名莱菔,是我国的主要蔬菜品种之一,大江南北,皆有种植。萝卜的根、叶子皆可入药,是我国最常见的药食两用蔬菜,所以《本草纲目》将白萝卜称为"蔬菜中之最有利益者"。民间也有很多广为流传的萝卜俗语,如"萝卜上市,医生没事","冬吃萝卜夏吃姜,不劳医生开药方","鱼生火、肉生痰,白菜、萝卜保平安"等等。

　　中医认为,萝卜生食辛甘而性凉,熟食味甘而性平,有顺气、宽中、生津、解毒、消积滞、宽胸膈、化痰热、散瘀血之功效,可用于治疗食积胀满、痰嗽失音、吐血衄血、消渴、咽喉痒痛、痢疾和偏正头痛等疾患。北方人喜欢吃饺子,有一些生活阅历的人都比较偏爱萝卜包的饺子,因为萝卜有顺气宽中的作用。在生活中,在工作中,总会有这样那样一些不大顺意的事情让人烦心。烦心之余吃点萝卜饺子或萝卜制品,可以顺一顺自己的气,宽一宽自己的胸,解一解自己的郁,这对调理自己的情绪和调整自己的心情都是非常有益的。

现代研究表明,萝卜含有多种氨基酸、微量元素、粗纤维、矿物质、芥子油、维生素C、维生素B等,有防癌、抗癌、解毒、补血、治痛风等功效。研究还表明,萝卜维生素C的含量比苹果高出10多倍,比梨高出18倍。所以民间有"萝卜赛梨"之说,可见百姓对萝卜效用的感受是多么深刻。民间还有"萝卜就是土人参"之说,将萝卜补益人体的作用概括得可谓形象而具体。在如今这个栽培人参满天飞,但效用微乎其微的时代里,与其高价购买名存实亡的人参,还真不如去菜市场买根物美价廉的大萝卜。

除了具有良好的抗病治病的功效之外,萝卜还具有非常好的减肥功效呢。这一点,一般食用者恐怕并不十分了解。萝卜之所以能减肥,且效果非常好,是因为其中含有糖化酵素。这也是现代研究的发现。研究表明,萝卜中的糖化酵素,能有效地分解食物中的淀粉、脂肪等成分,使之能充分地为人体吸收和利用,从而起到减肥瘦身的效果。萝卜的这一功效,对于减肥者来讲,实在是天赐良方。在顺气、宽胸、健体的同时,还能减肥瘦身!这样的美食,对于迷茫无限的当代国人来说,实在是"仁至义尽"的清爽剂呵!

当然,有利于减肥的蔬菜还有很多,并不仅仅限于个大色翠的萝卜。我之所以选择萝卜,主要是因为我一直将其视为"极富有仁爱之心的物品"。对于这一点,我曾经在杂文集《月落闲阁》中"糠心"一文里有过专门的介绍。选择萝卜作为减肥食物的另外一个原因,当然是其物美价廉、购买方便。需要说明的是,作为减肥食物的萝卜,在制作的时候,千万不能按照常规的方法去清蒸慢炖,更不能按美味佳肴的做法将其与大肉一起红烧爆炒,因为这样制作出来的萝卜食品太过腻味,不但不能减肥,而且还会增肥。

作为减肥食物的萝卜,食用方法有二。一是生吃,将萝卜切成细丝或方丁,略加少量的盐和香油即可。香油其实也可不加,因为油是液体的脂肪。或将皮剥掉,切成方块,当作水果吃。皮虽可切掉,但不要扔掉，因为萝卜所含钙的98%就在皮内，所以剥下的皮可以煮熟吃。这就是萝卜食用的第二种方法，即清炒法。所谓清炒，就是炒制时尽量少放油和盐。

减肥的红食

所谓红食,当然是指红色的食物。红色的食物很多,最常见的是苹果、西红柿、樱桃、草莓等等。从中医的角度来看,这些红色的食物,自然与补血补气有一定的联系。一般来讲,这些红色的食物——特别是水果——含糖量很高,不适宜减肥者食用,但有些红色食物,还是挺适合减肥者享用的,比如西红柿、枸杞子等等。我在减肥的过程中,较多地食用了西红柿和枸杞子,所以特别加以介绍,供大家参考。

西红柿又名番茄,所含维生素比苹果、梨、香蕉、葡萄等高出 2~4 倍,营养价值极高,且具有治疗高血压、慢性肝炎、营养不良、胃溃疡、牙龈出血、高热中暑、眼底出血等疾患。中医认为,西红柿性微寒,味甘酸,入脾、胃、肝经,可养阴生津、健脾养胃、平肝清热、健胃消食。由于西红柿含有果酸,所以也具有减肥和降脂的功效。

对于减肥者而言,西红柿治疗高血压的功效、降血脂的作用是非常重要的。一般来讲,肥胖者的血压或多或少都比较偏高,血脂也不可避免地会升高,这当然是肥胖所导致的直接后果。我个人就是一个典型的例子,先是身体发胖,接着血压升高。血压升高不久,血脂也开始狂飙。对于减肥者而言,在减肥的过程中适度地吃一些西红柿,对于消解身体的三大麻烦都有一定的裨益。所谓的三大麻烦,是指肥胖、高血压、高血脂。这几乎是所有肥胖者遭遇的同样问题。如果这三大问题解决了,健康减肥的目的自然就达到了。

西红柿虽然有这样理想的功效,但在食用时有五个问题需要慎加注意。一是不宜食用未成熟的西红柿。因为未成熟的西红柿含有龙葵碱,食后不但会使口腔苦涩,胃部不适,而且还有可能导致中毒。二是不宜空腹食用,因为西红柿中含有较多的胶质、果质、柿胶酚等成分，易与胃酸结合，生成块状结石，造成胃部胀痛。三是患有急性胃肠炎、急性细菌性痢疾的病人不宜食用，以免病情加重。四是腐烂变质的不能食用，以防中毒。五是脾胃虚寒者不宜多食，因为西红柿性微寒，多食会使虚者更虚、寒者更寒。

我一直比较喜欢吃西红柿，在减肥的过程中，就更加重视西红柿的食用。一方面是因为西红柿有利于减肥，另一方面是因为没有水果可以像以前那样毫无忌讳地享用。关于减肥者的水果食用问题，我将在下文中专门介绍，这里先设一个伏笔。

对于西红柿，每个人都有自己喜爱的食用方式。但对于减肥者而言，一般都需要根据瘦身的要求和健康的需要做一些必要的调整。比如，尽量少与其他油脂类食物混合炖炒，以免油脂的过量摄入。我个人的食法有三，一是当作水果生食；二是煮为素汤，与其他饭菜一起食用；三是与其他蔬菜清炒，清炒的时候，火候点到即可，不宜炒得太过。

西红柿的食用，大致可以按上面所提到的几种方式来进行，但枸杞子的食用，相对来讲要复杂一些。由于属性的原因，枸杞子一般不能生吃，也不能炒着吃，常见的食用方法是泡茶、煮粥或作为调料使用。

枸杞子是一种中药，但也是一种食物，所以经常被用来煮粥吃。由于药食一体，所以枸杞子在中医的食疗中一直发挥着重要的作用。中医认为，枸杞子具有补肾益精、养肝明目、补血安神、生津止渴、润肺止咳的功效，所以常用以治疗肝肾阴亏、腰膝酸软、头晕目眩、目昏多泪、虚劳咳嗽、消渴、遗精等疾患。现代医学研究证明，枸杞子含有甜菜碱、多糖、粗脂肪、粗蛋白、胡萝卜素、多种维生素以及钙、磷、铁、锌、锰、亚油酸等营养成分，具有促进造血功能、抗衰老、抗突变、抗肿瘤、抗脂肪肝及降血糖等作用。

无论从中医的认识来看还是从现代医学的研究来讲，枸杞子对于减肥者而言都有一定的帮助作用。别的功效暂且不谈，单从其抗脂肪肝和降血糖的效用来看，就非常值得重视。肥胖之人一般都有脂肪肝,这几乎是肥胖者的共同特点。当然,肥胖者的血糖一般都是偏高的,这也是肥胖导致糖尿病的主要原因。所以在减肥的过程中,适量地食用一些枸杞子,对于降血脂和降血压都有一定的效用,可以有效地提高减肥的效果。

减肥的黄食

所谓黄食,指的就是黄色的食物,如玉米、小米等等,都是黄食。在中国,这些黄色的食物传统上都被归入了杂粮的范畴,只有小麦和稻米才被视为主粮。在如今这个新的时代里,这一秉持了千秋的观念,一如传承了万载的中华民族文化一样,早就被抛到了九霄云外。走进超市便会发现,这些被视为杂粮的食物呢,其实要比小麦和稻米这些传统的主粮贵得多,原因当然是其更有益于养生和保健。

在这些黄色的杂粮中,最受大众欢迎的,便是玉米了。玉米原产于美洲,是印第安人的主要食粮,大约在明朝时期传入中国。因其产量高,营养好,易于种植,所以很快在神州大地广为栽培,从而丰富了民众的饮食,提高了民众的健康,增强了民众抵御饥寒的能力。在那个饥荒年年有的岁月里,家乡的父老乡亲们之所以能够垂死挣扎地活下来,靠的就是玉米这种所谓的杂粮来维系生命的。如果不是哥伦布这个敢于冒险的殖民者发现了美洲,如果不是明代那位不知名的,却是真正的"仁人志士"将玉米传播到中国,我和父老乡亲们大概早就饿死在那个火红的年代了。

所以,对于时苦、运苦、命苦的"三苦"国人而言,这玉米呢,其实和萝卜一样,都是充满了"仁爱之心"的物种。中华民族之所以能传衍万古而不灭,在很大程度上,其实都要归功于这些富有"仁爱之心"的物种,而不是什么"圣王"、"君王"和"天王"。

中医认为,玉米性平味甘,入肝、肾、膀胱经,有利尿消肿、健脾渗湿、平肝利胆的功效。现代研究发现,玉米中含有大量的卵磷脂、亚油酸、谷固醇、维生素E,常食可以避免高血压和动脉硬化的发生。特别值得一提的是,玉米还有降血压、降血糖的功效,非常有益于防治高血压、高血糖、高血脂和肥胖症等"富贵病"。

一般的肥胖者都有"三高"的症状，所以常食玉米非常有益于控制和降低这吓人的"三高"。玉米的吃法很多，很多美食店的"玉米烙"就是玉米的吃法之一。但对于有此"三高"的人来说，对于有志于减肥的人来讲，如此吃法却是非常要不得的，是绝对不可取的。因为"玉米烙"中添加了过量的糖分和一定的淀粉，虽然香甜可口，却非常不利于对"三高"的控制和降低。对于身怀"三高"、立志减肥的人来说，食用玉米时一定要讲究一个"素"字，即煮熟即可，不要添加任何的调味、油料和糖料。

怀有"三高"且身体肥胖的人，平日进食时一定要注意对面粉和大米这样一些所谓主食摄入的限制，尽量多食用一些像玉米这样的杂粮。在时下的中国社会里，杂粮的养生作用和营养价值已经成为民众的常识。但对杂粮的吃法，却还有很多误区需要专家们去梳理和研究。我个人在减肥的过程中，对杂粮的食用做了一些探究，总结出自己的一套食用方法。这套所谓的方法，归结起来其实也就一个字，即"素"，就是清素地食用。"素"食玉米之法有三，一是将玉米碴子煮成稀粥，早晚皆可食用；二是将玉米棒子煮熟，当作主食与其他蔬菜一起享用；三是将玉米颗粒煮熟后打成浆，过滤后作为饮料食用。不管哪种食用方法，都需要注意一点，适量即可，不可太过。

杂粮的品种很多，除了黄色的，还有黑色的、白色的、绿色的，可谓不计其数。但在我的减肥过程中，我比较偏好的则一直是玉米，这可能跟自己当年艰难困苦的人生阅历有一定的关系吧。每个人都有自己的人生经历，也都有自己的生活体验。在养生的追求中，在减肥的过程中，这些曾经的经历和体验，无论苦也罢甜也罢，其实都有可资借鉴的价值和意义。所以，有志减肥的人都应根据自己的人生阅历和生活经验，从实际出发去选择自己减肥的道路，特别是规划自己的减肥食谱和调理自己的饮食习惯。

作为杂粮之一的小米，对于减肥者而言，尤其对于女性瘦身者来说，也是非常有益的。中医认为，小米和中、益肾、除热、解毒，可滋阴壮阳，能防治脾胃虚热、反胃呕吐、消渴、泄泻。平时喝些小米粥，对于减肥者生理状况的调理也是大有裨益的。

减肥的杂食

人们平时所说的"杂食",一般是指主食之外的零食。有时人们将所吃食物的种类繁多,称为"杂食"。对于减肥者而言,零食自然是不能吃的,因为吃零食会额外地增加食物的摄入量,况且零食一般含糖量、含油量都比较高,非常无益于健康。

我这里所谈的减肥者的"杂食",并不是指所吃食物的种类要繁多,而是指一定食物之间的搭配。对于减肥者来说,控制饮食至关重要。既然要减肥,首先要减少的是食物的摄入量,其次要减少的便是所吃食物的种类。所以,食物的"种类繁多"自然是不可取的。减肥者究竟该吃什么样的食物呢?这些食物之间又该如何搭配呢?关于这个问题,不同的人应该根据自己的实际做出不同的选择。但有一点是必须要注意的,就是所选食物热量、糖量和油量的含量一定要少。

我个人在减肥的时候,从蔬菜到食量的选择都把握着"素"这一个要点。蔬菜自然是"素"的,但炒时如果放了较多的油,便化"素"为"腥"了。所以我食用蔬菜时,一般采用两种方法,一是炒时放极少极少的油,以菜汤中没有油星出现为原则;二是清水煮熟后略微加一点盐即可,不放任何食油。这样清素的蔬菜,不仅有益于减肥,而且还有益于清肠胃、宁心神。曾见无名氏写的一首《西江月》,认为素食淡味不但能养生,而且能长生,说得非常有道理。现将该词摘录于后,供大家把玩:

谷气足以资神,肉味不宜多食。
万病原是从口入,此理贪夫不识。
但顾舌根三寸,不念身躯七尺。
真是堪怜不堪惜,累及妻孥哭泣。

除蔬菜之外，其他食物的加工，也要重视一个"素"字。比如前面提到的玉米，要么煮成粥吃，要么打成浆喝，不添加任何作料和油料。但从减肥和养生的要求来看，单吃玉米或小米这样的杂粮，显然有碍健康。正确的做法是，将其与具有养生保健功效的其他食物一起杂合食用。我个人在减肥的过程中，就采用了多种杂粮混合煮粥的方式。有养生保健经验的人都知道，煲粥非常有益于养生，尤其有益于健康的减肥活动。药王孙思邈在《孙真人枕上诀》中说："清晨一碗粥，晚饭莫教足"，说明粥确实具有养生的奇功。

在减肥的过程中，由于生活习惯的改变和食物摄入量的减少，一般人都会有一些生理上的变化，甚至有些气力不足的感觉。这种感觉本身就说明自己身体贮藏的脂肪还没有得到有效的燃烧，减肥的效果还没有完全体现出来。尽管如此，也还是需要采取一些措施，对自己的身体状况进行一些调整，以便能更好地适应减肥的进程。我个人采取的措施就是煮粥喝，早上一小碗，晚上一小碗，既能果腹，又能养生。

煲粥时，首先要选购一只质地比较好、容易操作的砂锅。现在市场上流行的一种可以通电的砂锅，特别适合于现代人煲粥。只要将洗净的材料放进锅里，加入适量的水，插上电源，4～5个小时即可煲好。如果早餐用，晚上入睡前插上电源，第二天早上即可享用，非常方便。至于煲粥的材料，我个人经常选用的是黑米、糙米、豇豆、红豆、红枣、莲籽、枸杞子、薏苡仁等。将这些米类和豆类的食物煲成较为黏稠的粥，吃起来不但可口、有营养，而且非常有益于保护减肥者的肠胃。

在减肥的过程中，淀粉类的食物要尽量少吃。杂粮类的食物虽有益于健康，也有助于减肥，但长期单一地食用，对人体也是不利的。通过煲粥的方式，可以使多种米类和豆类的食物得以杂合，可以为人体提供更多的营养成分。经常食粥，不仅有益于养生，有益于瘦身，而且还有益于调和心理和舒畅心情，正如陆游《食粥》诗所写的那样：

世人个个学长年，不悟长年在目前。
我得宛丘平易法，只将食粥致神仙。

减肥的肉食

减肥还可以吃肉吗？前面不是一再强调减肥时主要吃素的吗？其实呢，任何事情虽然都有可与不可、行与不行的规定，但这种规定并非一成不变，而是需要因时、因地、因人制宜。我自己因为平时以食素为主，所以在减肥的过程中当然依旧如此。但对于一向喜食肉类的人来说，减肥食谱中也应该有适量的肉食，不然就会出现一定的偏差，影响身体健康。

实际上，减肥并不意味着天天吃素。平时喜欢食肉者，减肥时也可适当地吃一些含高蛋白低脂肪的肉食，否则身体虽然瘦了下来，但体质可能因此大受影响。所以，减肥期间的饮食安排，要注意蔬菜和肉食的合理搭配，不可走向极端。对于食肉者来说，减肥时可适量吃一些瘦肉，可获取必要的维他命、矿物质和蛋白质等，营养就均衡了，但一定要少吃肥肉，减少脂肪的摄入。烹调肉食时不要直接煎炒或油炸，以免过多摄取热量，比较理想的方法是直接水煮。研究表明，水煮肉食的热量比煎炒油炸肉食的热量减少将近一半。

肉类食品所含蛋白质，是人体所需各种营养素的核心成分。人体激素含量的正常分泌、肌肉的正常增长、免疫系统的正常维护，都离不开蛋白质。所以，即便减肥，也要适量摄入蛋白质。需要注意的是，所选择的一定是含高蛋白、低脂肪的肉类，严格控制脂肪的摄入。这方面的肉食一般可以分为五类，即牛肉、兔肉、鱼肉、鸡肉和瘦猪肉。

牛肉的营养价值很高，所含脂肪和胆固醇也比较低，适合肥胖之人食用。研究表明，每100克牛肉中含20克以上的蛋白质，蛋白质中又含有较多的人体所需氨基酸。对于肥胖之人和患有高血压、血管硬化、冠心病和糖尿病的病人来说，适量食用牛肉，有益于改善其身体状况。对于这样的人群而言,所食牛肉当以水煮为好,避免食用煎炒或油炸制品。

兔肉含蛋白质较多,含脂肪和胆固醇较少。每100克兔肉含蛋白质21.5克,含脂肪0.4克,含胆固醇83毫克。由于兔肉含蛋白质较多,含脂肪较少,营养价值又比较高,是胖人比较理想的肉食。减肥者在瘦身过程中,也可适量地吃一些兔肉,以保证蛋白质的摄入。

鱼肉也是高蛋白、低脂肪类的肉食,但与一般动物肉相比,则更有益于肥胖之人的身体健康。一般动物肉的脂肪多含有饱和脂肪酸,而鱼的脂肪却含有多种不饱和脂肪酸。这些不饱和脂肪酸具有良好的降胆固醇的作用。所以,胖人常吃鱼肉既能避免进一步增肥,又能防止动脉硬化和冠心病的发生,可谓一举两得。鱼的烹饪方法很多,但对于肥胖之人来说,比较理想的烹饪方式应该以水煮、清蒸为宜。如果自己的口味较重,则可采用酸菜蒸鱼的方式,这样做出来的鱼肉味道可口,富有营养。

鸡肉也是高蛋白、低脂肪类肉食,每100克鸡肉中含蛋白质高达23.3克,但脂肪的含量只有1.2克,比其他畜肉要低得多。所以,对于肥胖者而言,适当吃些鸡肉,不但有益于身体健康,而且还不会继续增肥。但需要注意的是,目前市场上出售的鸡肉大多数是养鸡场提供的产品。而养鸡场喂鸡的饲料,一般都含有较高的激素及其他各种各样的添加成分,对人体是非常有害的。所以,在目前这种饮食毫无安全保证的时代里,能采取的唯一可行之法,只能是适量,适量,再适量。有什么办法呢!

瘦猪肉含蛋白质较高,脂肪含量却较低。研究表明,每100克瘦猪肉所含蛋白质可高达29克,所含脂肪仅为6克。经过煮炖之后,脂肪的含量还会进一步降低。因此,瘦猪肉也是较适合肥胖之人食用的。和鸡肉一样,目前我国猪肉的安全系数也非常低,尤其是瘦猪肉。媒体经常报道的所谓瘦肉精问题,就是猪肉安全中最为突出的问题。这些问题的出现,与我们这个时代、这个社会、这个体制有着千丝万缕的联系,不是养猪者、售猪者和管猪者能从根本上解决的问题,更不是食肉者所能应对的问题。

事实上,上面提到的这五类肉食,虽然都是高蛋白、低脂肪的肉类,都有益于肥胖者和减肥者食用,但在其源头上都可能存在这样那样的安全问题,这已经是大白于天下的现实。所以,这些肉类虽然可以食用,也需要食用,但为安全计,还是少食为妥。

减肥的饮料

在这个灯红酒绿、天翻地覆的时代里，餐桌上的饮料和学术界的理论一样，日新月异，层出不穷。一进入超市，琳琅满目的各式各样的洋饮料、土饮料及洋土结合的饮料就呈现在眼前。常见的有碳酸饮料、果汁饮料、奶类饮料和水样饮料。

碳酸饮料，是由碳酸水、柠檬酸等酸性物质以及白糖、香料、咖啡因、人工色素等成分加工而成，不含有任何营养素，是典型的"垃圾饮料"。饮用这样的饮料，对人体不但无益，而且有害。果汁饮料据说营养丰富，但含糖量比较高。肥胖之人或有"三高"症状的人，显然不宜饮用。奶类饮料一般都含有蛋白质和多种维生素。从理论上说，这样的饮料似乎是有助于养生保健的。但在时下这个理论高雅、实践虚浮的时代里，这样的饮料及其效用也只能说说而已，千万当不得真。

至于水样饮料，市场上也是多之又多，如矿泉水、纯净水、蒸馏水等等。从理论上说，这些水样饮品含有对人体有益的微量元素，但目前市场上流行的所谓天然矿泉水，其实一点也不天然。流行的所谓纯净水，其实既不纯又不净。实际上呢，一般平民百姓能接触到的所谓的矿泉水和纯净水，据媒体报道，就是公用的自来水。即便是真正的纯净水和蒸馏水，因缺少许多对健康有益的微量元素和矿物质，也不宜长期饮用。

时下流行的饮料中，还有一类"酸"性饮料。这种饮料中的香精、香料、枸橼酸与体内的钙离子结合后，会影响骨骼和牙齿的发育，对身体非常不利。这类饮料中，有的还添加了很多碳酸、乳酸、柠檬素等酸性物质，与肉、鱼、禽蛋等食物结合后，会使血液长期处于酸性状态，从而影响血液循环，降低人体的免疫力。

既然流行的饮料都这么不靠谱,减肥时究竟该喝点什么呢?随便问问身边的人,一定会得到许多这样那样的答案。随便翻翻身边的养生保健资料,也会获得许多千差万别的解答。这说明减肥的饮料的确众多,单茶水一项,就早已"百花齐放,百家争鸣"了。

在传统的观念中,绿茶是最适合瘦身减肥的,因为绿茶中的芳香族化合物能溶解脂肪,化浊去腻,防止脂肪积滞体内。另外,绿茶中所含的维生素B1、维生素C和咖啡因能促进胃液分泌,有助于消化与消脂。除此之外,绿茶中的儿茶素还具有抗氧化、提高新陈代谢、清除自由基等作用,可活化蛋白激酶,减少脂肪细胞堆积,从而起到加速脂肪消耗、健康减肥的效果。

其实呢,虽然红茶具有醒脑提神的作用,绿茶有清热利尿的作用,但其中都含有鞣酸,影响铁的吸收,而铁是制造红血球的原料。所以茶虽然可以喝一些,但因其含有影响红血球的鞣酸,因此不宜喝多。在生活中,也有不少人对茶上瘾,且自以为是高雅的爱好、淳朴的性情。实际上呢,这和抽烟、酗酒的性质是比较相似的。

随着社会和经济的发展,肥胖之人越来越多。也正因为如此,各种各样的减肥瘦身茶像雨后春笋一样,一年四季,层出不穷,如明荷茶、桂花茶、橘皮茶、轻身茶、菊银茶、玉米须茶、葆春槐实茶、香蕉茶、降脂茶、芹菜茶,品种繁多,不胜枚举。除了茶水之外,近年来人们还发明了许多减肥饮,如荷叶饮、香橙汤、罗布麻饮、双花饮、减肥汤等等。

这些所谓的减肥茶和减肥饮,仅仅是手头相关资料所罗列的众多奇方妙剂之一二。这说明,减肥者在茶饮的选择方面,确实有着无限广阔的天地。但我在减肥的过程中,这些所谓的减肥茶和减肥饮,却从未使用过。原因自然与我的奇异观念有直接关系。我一直认为茶是高雅的毒品,因为茶可以使人上瘾。在现代社会里,毒品已经成为危及社会和谐和民众健康的一大杀手。在一般人的观念中,所谓的毒品,就是像鸦片、冰毒、大麻、吗啡因、海洛因、可卡因这样一些一碰就上瘾的东西。这样的观念当然是正确的,却又是狭隘的。事实上,凡是让人食后上瘾的东西都是毒品。正因为其中含有毒,所以才能使人上瘾。从这点出发看问题,茶当然也算毒品,咖啡也是如此,香烟就更不用说了。

那么,什么样的饮料才是无毒的呢?才适宜于减肥者饮用呢?答案只有一个,那就是白开水。白开水不但是最健康、最自然的饮料,而且还有助于减肥,因为它不含有任何卡路里。不但不含有卡路里,而且还有助于燃烧卡路里,这是白开水有益于减肥的重要原因。所以,白开水就是我减肥的唯一饮料。这唯一的饮料,不但使我减了肥,而且还助我养了生。现代研究也证明,就是不为了减肥,白开水也是唯一健康的饮料。事实上,不仅中医主张多喝白开水,西医也提倡多喝白开水,也要求不喝各种各样的所谓饮料,少喝各种各样的所谓茶水。科学家和医学家的研究表明,每天喝1200~1500毫升的白开水,是非常有益于健康的。

减肥的瓜果

减肥者可不可以吃水果？如果可以，那么，吃什么样的水果才比较有益于健康瘦身呢？

对于这个问题，一般民众都有一些基本的常识。专家学者们也不断地提出这样那样的理论和学说，甚至还有人提出了水果减肥法的雷人理念。有的药店还在其网站上发布消息说，吃水果减肥可以"5天瘦3斤"，听来实在令人振奋。是否真的如此，却很不一定呢。

在现实生活中，的确有不少人，尤其是青年女性们，为了保持苗条的身姿，为了减少食物的摄入量，便大量地食用水果，尤其是苹果。苹果的确是果中之王，确实非常有益于健康。所以，民间就有很多关于苹果的说法，比如"一天一苹果，健康又快乐"，"天天吃苹果，终成弥勒佛"。西方人对苹果也很偏爱，one apple a day keeps the doctor away（一天一苹果，健康地生活），就是对苹果养生作用和保健效用比较客观实际的概括。

苹果含有丰富的糖类、有机酸、纤维素、维生素、矿物质、多酚及黄酮类营养物质，被科学家称为"全方位的健康水果"。国内外的研究均表明，苹果可以预防癌症，强化骨骼，预防钙质流失，维持酸碱平衡。此外，据说苹果还有降血脂、降血压、防中风的作用。除了可以满足口福之外，苹果确实还有养生保健的功效。但对于减肥者而言，多吃苹果，是否就一定有益呢？对于这个问题，我个人以为，还需一分为二地辩证看待。

为什么很多人为了减肥吃苹果呢？为什么一些专家提倡吃苹果减肥呢？原因么，自然不能完全从苹果本身的营养价值来考虑。减肥者若始终关注的是营养问题，那么，这肥呢，自然就很难减下去了。事实上，肥胖之人往往都营养过剩。营养过剩的突出表现，就是脂肪堆积,体重狂飙。所谓减肥,就是将堆积的脂肪——过剩的营养——消减掉。而一般的肥胖者,胃口都又好又大,比一般人的饭量都要大出很多。据说苹果会增加饱腹感,饭前多吃苹果能减少进食量,从而达到减肥的目的。也许正是受此观点的影响,很多瘦身者选择以苹果代替食物的减肥法。

选择这样的减肥法,也许有一定的科学道理,但必须从自己身体的实际出发,把握好食用苹果或其他水果的量和度。对于减肥者而言,选择水果时,首先应该考虑的是水果的含糖量,而不是其营养价值。因为肥胖者一般都有"三高"症状,即高血糖、高血脂、高血压。而水果一般都有一定的含糖量,有的含糖量还比较高,甚至非常高。如果不了解自己选择的水果的含糖量,多食之后不但无益于减肥,而且会使自己的"三高"更高。

根据含糖量,人们一般将水果分为三大类,即低含糖量水果、中含糖量水果、高含糖量水果。所谓低含糖量,是指每百克含糖量在10克以下,如青梅、西瓜、甜瓜、橙、柠檬、葡萄等就属于低含糖量水果。糖尿病患者和减肥者可在准确了解自己的身体状况后,适量地食用一些这类水果,以补充身体所需的营养成分,但绝对不可食之过量,更不可以其代食。

所谓中含糖量,是指每百克含糖量在11~20克之间,如香蕉、石榴、柚、橘、苹果、梨、荔枝、芒果等就属于中含糖量水果。糖尿病患者及减肥者应该控制这类水果的食用,最好不要食用这类水果。苹果虽然营养价值很高,也有一定的预防癌症等功效,但因其含糖量较高,糖尿病患者自然不宜食用。而肥胖者呢,由于一般都有"三高"症状,所以也要适当控制,尽量少食,最好不食。

所谓高含糖量,是指每百克含糖量超过20克,红枣、红果,特别是干枣、蜜枣、柿饼、葡萄干、杏干、桂圆等就属于高含糖量的水果。对于糖尿病患者和肥胖者而言,这类水果虽然营养价值高,虽然非常诱人,却绝对不能吃,甚至连少量食用都不要,以防给自己的身体造成不必要的麻烦。此外,含糖量特别高的新鲜水果,如红富士苹果、柿子、莱阳梨、肥城桃、哈密瓜、玫瑰香葡萄、冬枣、黄桃等，也不宜食用。

我在减肥的过程中，常吃的是西红柿和黄瓜，这两种蔬菜式瓜果的含糖量均在5%以下，既能补充人体所需要的各种营养成分，又能起到水果爽口清神的作用，可谓一举两得。

减肥的食限

所谓食限,就是饮食的量和度的限制。对于减肥之人而言,这样的限制是必要的,也是必须的。没有这样的限制,就很难有机会和条件将自己体内积累的多余脂肪加以燃烧,也就很难实现减肥瘦身的美好目标。虽然专家学者们研制出了各种各样的减肥大法——药物减肥法、手术减肥法、针刺减肥法、锻炼减肥法,但对于一般的人而言,要真正实现减肥的目的,归根到底,还是要控制好自己的胃口,管制好自己的嘴巴,遏制住自己的食欲。

吃饭是为了活着,这虽然被认为是哲人的哲言,但实际上是常人的常见,一点也不"非同一般"。但就餐时到底应该吃多少呢?吃到怎样的程度才符合养生的量和度呢?尤其是渴望瘦身的肥胖之人,对此更应该清清楚楚地加以了解和把握。专家虽然有专家的专论,学者虽然有学者的学说,但实际上呢,这些问题是因人而异的,很难统一规范。一般来说,吃饭的多少基本取决于胃口的大小。胃口大的,自然要吃得多一些。胃口小的,自然要吃得少一些。这也是自然而然的道理,没有什么秘笈可言。

人虽然有种族的差异,有地域的差异,有性情的差异,其五脏六腑却都是相同的,其身体的生理需要也基本上是一致的。但其胃口却和自己的生性有着或多或少的关联。生性如虎似狼的,吃起饭来自然是狼吞虎咽、风卷残云的;生性如猫似雏的,吃起饭来自然是细嚼慢咽、挑挑拣拣的。一般来说,性情如狼似虎的人,胃口自然超大超强,身体自然超壮超重。肥胖之人,基本上都具有这样的胃口。而性情如猫似雏的人,胃口一般都比常人小一些,身体自然也比常人苗条一些。

当然,有些肥胖之人的身体,也与自己的天性和遗传有一定的关系。对于这样的人来说，即便天天喝凉水，也会长得敦敦实实，一点也不会面黄肌瘦。这当然是普通人群中的特例者。这样的特例者，一般都是性情中人，虽然身体胖实一些，但总体上还是比较正常的。但特例毕竟不是常例，所以虽然是实例，却不足为训。这就像天下的乌鸦一样，你我他能见到的都是黑色的。虽然白色乌鸦也是存在的，却是极为罕见的，丝毫不会因此而改变乌鸦的总体色相。所以，渴望减肥的人，特别是因肥胖而影响了身体健康的人，千万不可以此类特例之人为模板，梦幻般地自我忽悠。

那么，减肥之人究竟该如何限制自己的胃口呢？究竟该吃到什么程度才算比较合适的呢？这虽然是因人而异的，但基本的原则和要求还是可以厘定的。前面曾经说过，人之所以吃饭，是因为饥饿。那么吃到饥饿感消失的时候，就应该算是吃好了，吃饱了。如果说有什么原则和标准的话，这，就应该是减肥者遵循的进食原则和标准。对于减肥者而言，吃饭的时候一定要淡化"享受"和"口福"的意识，只将其视为消解饥饿感的一种路径。吃饭的时候，不要眼睛总是盯着碗筷，口里总是品着美味，心里总是想着美食。这样的举止和意识，其实是将自己引导到色香味的世界里，有意无意地就会多吃许多。

比较客观实际的做法，是将自己就餐的过程和就餐的意识集中在饥饿的感觉上。吃一口饭，尝一口菜，体验体验饥饿感是否有所消减。对于减肥者而言，这样的体验非常重要。这样的体验其实就是将自己进食的过程纳入减肥的程序之中。一般来说，当一个人在饥饿感比较明显的时候进食，其饱餐的意识就比较强，进食的速度也比较快，进食的量也就比较大。这当然是正常的现象。然而，对于减肥者而言，进食前虽然一定要有饥饿的感觉，但进食的时候一定要努力淡化饱餐的欲望，提高消解饥饿感的意识。进餐前虽然有饥饿感，甚至饥饿感还比较强烈，但用餐的时候一定要保持绅士的风度，优雅地夹菜夹饭，细细地嚼，慢慢地咽，千万别狼吞虎咽。手头可准备一杯清茶或清水，一边用餐，一边饮水，这样可以有效减少食量。如果吃饱之后再去饮水，不仅加重了胃的负荷量，而且增加了食物的摄入量。

  对于减肥者而言，这样雅致的用餐方式，不仅可以减少食物的摄入量，提高减肥的有效性，而且还有利于修心养性，提高自己的生活品味，可谓一举两得。

减肥的食间

所谓食间,是指用餐间隔的时间。在现代社会里,用餐间隔的时间,似乎已经是法定的了。比如在大学里,早餐一般6点左右开始,8点之前结束。午餐11点左右开始,持续到下午1点左右。晚餐下午4点半左右开始,6点左右结束。在一般的城市里,市民的用餐习惯也基本上是这样的。这也是时代影响的结果。

除了这正规的一日三餐之外,生活、工作和学习在城市里的人,还有额外的一餐。这额外的一餐,名曰夜宵,即晚上10点左右,再补充一点饮食,甚至再饱餐一顿。对于工作繁忙的人来说,晚上补充一点饮食,似乎是必要的。学生们要上晚自习,白领、蓝领们要加夜班,金领、银领们要演夜剧,都要额外消耗精力和体力,自然需要补充一些营养。但从养生的角度来看,这额外补充的营养其实不一定能起到营养健身的作用,而很可能在一定程度上糟践了身体。

人体有两个值得说一说的器官,一个是心,一个是胃。心是一个兢兢业业、不知劳苦的器官,自从人一出生,就一分一秒不停地跳动着,将血液输送到人体的各个部位,营养和温暖着人体,保证着生命活动的正常进行。心脏跳动的停止,也就意味着生命的结束。对于一般人而言,别说心脏停止跳动了,就是跳动的节律稍有变化,其生命就会大受影响。难怪中医将心脏称为"君主之官"。其实心脏比"君主"重要多了,"君主"没了,百姓可能活得更加自由自在一些了,但若心脏没了,生命也就自然而然地失去了。

胃是人体的另外一个被迫兢兢业业、虽知辛劳但又不得不劳的器官。人一日三餐无论吃多吃少,无论吃甜的喝辣的,都要将其所吃的食物和所喝的饮料塞到胃里,灌到胃中。只要有食物或饮料进入胃中,这胃呢,就不得不像搅拌机一样,开始机械性地运动,将纳入其中的饮食搅拌粉碎成所谓的"食糜",然后通过十二指肠,将其传送到小肠和大肠。食糜传送到小肠之后,最有营养的部分便被全部吸收,剩余的残渣才被输入大肠。输入大肠的残渣几乎没有什么营养成分,所以大肠能吸收的就是一点点水液而已。这就像汉唐明清时朝廷的资金或物资被下拨到了地方一样,地方大员们,首先将其中最大的、最重要的悄悄收为己有,然后再将最少的、最普通的大张旗鼓地发放给急需求助的平民百姓。

胃的兢兢业业是值得称赞的,但其不得不辛劳的状态却是值得警惕的,特别是肥胖之人,尤其是想瘦身、想减肥的人,更应该努力减少胃的辛劳。要减少胃的辛劳,一方面需要控制自己的胃口,不要食之过量,尤其晚上不要进食过多;另一方面,也要控制自己的食间,不要进食过频,更不要入睡前享受夜宵。入睡前进餐,不仅会额外增加胃的负担,而且很自然地会增加脂肪的堆积量,影响减肥的效用。

一般情况下,人入睡之后,除了心脏还在自然地跳动之外,人体的其他器官都进入睡眠状态,包括胃。这说明,人体的其他器官和人自身一样,是需要休息的,是需要调整状态的。如果一个人一天到晚地辛勤劳作,该休息时不休息,这样的生活方式无异于慢性自杀。人体的组织器官也是如此,胃也不例外。当一个人入睡前还要进食,那么他本人虽然入眠了,但胃还不得不继续运动。长此以往,不仅会增加身体的脂肪含量,而且也会影响胃的正常功能的发挥。对于这一点,肥胖之人和减肥之人,务必牢记在心。即便入睡前有饥饿感,也不要轻易进食,更不要大吃大喝。

对于减肥之人而言,进餐的时间间隔比常人要稍稍延长一些,以加快脂肪的消耗。进餐前一定要享受 20~30 分钟的饥饿感,没有这样的饥饿享受,减肥的效果是很难保证的。进餐的时间要比常人稍稍地延长一点,目的是慢慢地用餐,以减少进食的量。北方的民间一日用餐两次。一般是上午 10 点左右用早餐,下午 4 点左右用午餐。至于晚餐么,基本上是不用的。这大概与传统的农业生产有一定的关系。但从营养学和养生学的角度来看,这样的饮食习惯,其实还是比较自然的,也是比较科学的,值得减肥之人效法。

我的减肥生活

减肥的一天

减肥的生活是怎样的呢?对此,成功者有成功的感受,失败者有失败的感受,旁观者有旁观的感受,无所谓者有无所谓的感受,可谓各具其义,很难划一。但对于立志减肥,并且成功减肥的人来说,减肥的生活一定是快乐的,一定是鼓舞人心的,一定是充满收获的。

减肥开始的第二天,我的生活即发生了戏剧性的转变。天天购买西瓜水果的习惯,从此彻底终止了。几十年来对水果的梦寐以求,多年来对水果的尽情享受,从此彻底终结了。自以为甜甜蜜蜜的人生,由此大大地转了个弯,菜根谭主无滋无味的生活理念,自此一步一个脚印地开始付诸实施。

小的时候,除了每年一度吃一点西瓜之外,别的水果都很少见到,更没有机会品尝。个别村民在自家院子里栽种的枣树、桃树、杏树、柿子树和石榴树,就像夜明珠一样,牢牢地吸引着我的心神和眼神。当时不知什么原因,院子里栽有这几种果树的村民,家庭生活相对来说都比较宽裕一些。也许正是因为有这样相对宽裕的生活,才使他们在"求一日饱食"之外,能有情趣栽种一些点缀怪异人生的果树。

照理说,贫穷的人更应该栽种一些这样的果树,不但可以额外增加一些收入,还可以改善一下艰苦的生活。但在那个极"左"的年代里,兜售自家生产的水果、粮食和家禽,都会被扣以"资本主义尾巴"的大帽子,轻则没收,中则批斗,重则抓捕。对于"求一日饱食而不可得"的劳苦大众而言,栽种这样的果树既无经济能力,又无闲情逸致,更无胆量抗争。记得村民们当时有一句口头禅,"桃三杏四梨五年,想吃核桃得十五年"。对于挣扎在饥饿线上的民众们来说,晚上入了梦,来日能否醒,都是个纠结不已的问题呢,哪里还敢去梦想"三年、四年、五年",甚至"十五年"后的生活呢?

也许正因为如此,绝大部分村民的院子里,除了种植一些南瓜、丝瓜和葫芦之类的蔬菜外,别的什么果树都没有。每年唯一的期待,就是盛夏时期的西瓜。作为农副业之一,生产队每年都会种植几亩西瓜,既能赚取一点额外的收入,还能为村民苦巴巴的生活增添一点喜洋洋的感觉。所以,每年西瓜开园的时候,全村就像过节一样欢乐和兴奋。也许因了这样一年一度的欢乐和兴奋吧,我自幼便对西瓜有着无限的向往和偏爱。大学毕业之后,手头有了一些可以自由支配的钞票,便时不时地买些西瓜以饱口福,而且每次都吃得直不起腰。吃得"肚肚溜圆",这便是村民们当年吃西瓜的标准,也是我一直以来的追求。

随着手头积蓄的渐多,我吃西瓜的习惯就更进一步加强了,吃西瓜的频率也进一步加快了,吃西瓜的量也进一步提高了。对于其他水果,比如苹果、橘子和香蕉,我也有一定的偏爱,但相对而言,对西瓜的向往和追求还是最为执着的。这当然与自己童年的生活有着密切的关系。所谓三岁看到老,也许说得就是这个意思吧。也许正因为这个意思,使得西瓜的甜蜜内涵在我的体内越积越多,一直多到连尿液中都充满了甜蜜的分子。这正如高俅和高衙内一样,权力和钱力大得将别人的脑袋当足球踢,将自己的脑袋当气球吹,将国家的脑袋当篮球拍,直踢得自己腿折,直吹得自己脑残,直拍得自己命断。

我是喜欢熬夜读书的,更喜欢凌晨写作。但无论读书还是写作,其实都是需要有所陪伴的,不然这精气神呢,就无法凝聚起来了,这智慧的火花呢,就更无从激发起来了。这正如出门旅游和去剧院看戏一样,没有家人的陪伴,这旅游呢,就像被流放一般,这看戏呢,就犹如关禁闭一样。《红楼梦》中的权棍们和钱棍们读书,一如当年的帝王将相们一样,要有人伴读,而写作呢,自然更需要有专秘和专家执笔。

　　作为草根学人的我,自然没有"棍族"们的"法权",只能自己亲自翻书,亲自动笔,但陪伴还是一定要有的,多年来一直陪伴我读书写作的是瓜果和糖果。尤其移居上海以来,多姿多彩的南方水果和糖果,简直将我的生活丰富得像万道霞光一样。然而,从减肥的第二天开始,这万道霞光呢,便自行消散了,并从此开启了我全新的后半生。

减肥的一周

七天减去了三斤,确实令人振奋。在这充满渴望和兴奋的一周里,饭虽然照吃不误,但量却大大地减少了。按照计划,从第一天开始,每餐即减去了三分之一,天天如此,坚定固守。第一天晚上,满怀希望地称了一称体重,却没有什么变化。虽然有些失望,但心里非常清楚,才节食了一天,体重怎么可能立即下降呢。

第二天晚上,很想再称一称,但犹豫了片刻,还是放弃了。第三天早上一起床,就忍不住称了一称,结果发现体重下降了0.6公斤!这说明经过两天一夜的努力,体重已经减少了1.2斤!这真是太鼓舞人心了!推开窗户,蓝蓝的天空,淡淡的白云,习习的晨风,灿烂的霞光,这世界,居然如此的温馨美丽,令人心驰神往。下了楼梯,遇到小区的居民,不管认识不认识,无论说过没说过话,都无比亲切地冲人家点点头,挥挥手,甚至还莫名其妙地冲人家笑一笑,像刚逃出牢笼的孩子似的。

体重已经开始下降了,那尿糖呢?是不是也应该有所降低呢?想到这里,我立即停止了早餐的准备,马上到校医院去化验。化验结果很快出来了,尿糖由4个加号变成了2个加号。效果果然显现出来了!看着化验单,我的心头就像蓝蓝的天空一样,宁静而灿烂,轻盈而飘逸。这不禁使我想起了30年前改变我人生的那一天。那天早上,满怀希望但又无比忐忑的我,紧张万分地来到学校,战战兢兢地敲开老师的房门,结结巴巴地询问老师我的高考成绩。老师兴奋地递给我一张单子:"超过初录线35分!祝贺你!"告别了老师,走出校门,晨风一吹,我都不知道自己该出左脚还是该出右脚。

如今的我,手里拿着化验单,就像当年拿着高考成绩单一样,兴奋得不知所措。走出校医院时究竟出的是左脚还是右脚,其实已经无所谓了。但非常有所谓的,则是对"减号"的渴望,对"阴性"的期盼。正是满怀着这样的渴望和期盼,我在每餐减少三分之一的情况下,依然精力充沛,甚至还激情高涨呢。在这一周里,我看书和写作的速度都明显地加快了不少。日显退化的大脑似乎也开始变得清灵起来了,看书的感受似乎比先前深刻了不少,写作的力度好像也比以往强化了很多。现在挂在我办公室的几首词就是从那时开始填写的,近年来出版的几部杂文集,也是从那时开始整理的。

  以前晚上读书、凌晨写作的时候,案头都要备一盘瓜果相伴。书看累了的时候,几块西瓜,几根香蕉,几只橘子,很快便使精神振奋了。文写僵了的时候,几个大枣,几个葡萄,几个荔枝,很快便将文思激活了。正因为如此,我始终将瓜果看作是打开智慧之门的金钥匙。但让我做梦也想不到的是,这一串串形美味美的金钥匙,在打开智慧之门后,居然还带给了我甜腻腻的"负薪之忧",几乎将我的后半生化为乌有。

  自从实施减肥计划以来,整整一周,我都远离了瓜果。就连家里以前储存的一些苹果和香梨,我都让其从我的眼前彻底消失了,以减少视觉的诱惑。为此,我给自己购买了一台简易跑步机,书看累了的时候,文写僵了的时候,便踏上跑步机慢走一会,或小跑一阵。如果还解决不了问题,便去洗把脸或冲个澡,提提神,醒醒脑。如果既无兴趣跑步,又无兴致冲澡,便打开电视看看新闻或娱乐节目。如果新闻实在无新可闻,如果娱乐实在无乐可娱,便在电脑上玩玩蜘蛛纸牌。直到现在,书读累了的时候,文写困了的时候,我还是习惯性地玩一会纸牌,调整调整自己的精神状态,梳理梳理自己的文趣文思。

  经过一周的调理,我基本上适应了新的生活计划,尤其是每日的三餐安排,彻底告别了几十年来坚持不懈的生活习惯。经过一周的努力,家人和朋友们已经注意到我身体和精神的细微变化。周末去看望老师时,师母盯着我看了看说,精神似乎很饱满,心情好像也挺开朗,是不是有什么新的成果出来了。我告诉师母,我现在正在开展一项新的研究,已经取得了很大的进展,等完全成功之后再向老师汇报。老师认真地对我说,成果不一定要多,但一定要好。老师的话,我一直牢记在心。减肥的成果,的确无须太多,但确实一定要好。

减肥的一月

在寻常的人生中，一个月，可谓弹指一挥间。尤其在忙忙碌碌的日子里，一个月的时光，犹如依稀别梦，瞬间即逝。但在减肥的日子里，一个月却如细水长流一般，虽然渐渐地逝而去之了，但那点点滴滴的清流呢，却像天上的星星一样，始终闪烁在我的心头，让我一直牢记到如今。所谓难忘的岁月，对于我来说，大约就是这样的时日吧。

有人将减肥与戒烟、戒酒和戒毒相提并论。对此，我是同中有异、异中有同的。将减肥与戒烟同比，我想还是有一定的道理，但减肥与戒酒、戒毒，我想却是有着本质的不同。虽然减肥也是需要勇气的，更是需要毅力和心力的，但毕竟只是改变生活方式而已，与社会环境的醇化和社会风气的改善，并无直接的关系。况且，肥胖者和酗酒者、吸毒者本质上也毫无关联，对社会的影响亦不可同日而语。事实上，在百姓的眼里，肥胖者总体而言是可爱可亲的。即便肥之太过、胖之太砣者，虽然确实有碍观瞻，却并无碍于社会的和谐和进步。而酗酒者和吸毒者呢，却是"过街老鼠，人人喊打"，就连法律和政府都将酗酒者和吸毒者纳入其关注的范围之内。

在第一周业绩的鼓舞下，从第二周一直到第四周，我的减肥生活一如既往，既严守餐饮的度量和频率，又尽力通过读书和写作来充实自己生活的趣味和品味。在以往的生活中，我所读的书基本上都局限于诸子之学，即陈寅恪先生所强调的值得一读的那几十本书。中国的图书虽然汗牛充栋，尤其在这个文章和书籍都漫天狂舞的时代里，但值得一读的纯原创的书和文确实很少很少。人的生命是有限的，在这有限的时光里，当然应该读一读最值得一读的书。而纯原创的书和文，自然是首选之首选。在中国千秋万代的历史上，纯原创的书和文,除了诸子之学外,还有其他的吗?恐怕很难再有了。所以在以往的生活中,虽然专业是英语,但我的主要精力和时间却基本上都用在了对诸子学说的学习和感悟上。而自己所谓的专业,倒变成偏业了。

在减肥的第一个月里,我的案头书籍便发生了细微的变化。除了诸子学说之外,我开始翻阅起一些过去从不关注的读物,目的是为自己的减肥生活增添一些清新的气息,以转移自己潜意识中对美食佳肴的向往。在这些通俗读物中,小儿推荐给我的网上小说《李逵日记》,给我带来了意想不到的欢乐和启迪,大大丰富了我减肥期间的生活和情趣。自从大学毕业之后,除了鲁迅的小说和杂文之外,我很少花费时间和精力去读现代国人所写的文学作品。慢慢地,这便成了我对文学作品的定势定位,不仅主导着自己的阅读,而且还影响了我的学生和朋友。这部诡异的《李逵日记》在一定意义上改变了我对中国现代和当代文学作品的固定看法,也是我在减肥的第一个月里的另类收获。

随着减肥进程的推进,除了读书的适量调整之外,我的生活方式也有了一定的改变。

按照现行的说法,减肥者是需要运动的。运动不仅能提高生命的活力,而且还有益于健体强身。对于减肥者而言,大量的体力消耗对于减少体内的脂肪是大有帮助的。对此观点,我也是非常认同的,却很难做到。我是属牛的,一生的品性和习惯都和牛一样,虽然行动慢慢腾腾,但一直动而不息。当然,这"动"呢,基本上都是不得不动之"动",绝无额外之举。每日里除了一些必要的行动——如上课进教室、上班进办公室、下班进家门——之外,其他时间我基本上都是坐在桌前写作,站在案头描墨,依在窗前观天,很少到操场上去伸胳膊拽腿,更不会像恶虎下山一样地沿着跑道拼命地飞奔。

但自从实施减肥工程之后,我便有意无意地调整了自己固有的生活习惯。早上4点左右起床写作,6点左右下楼散步,或围绕着小区绿地观花赏草,或沿着门前马路漫步散心,或走进康健公园循风探景。自此以来,不仅身体日显轻盈,而且心境亦日渐宽松,生活的情趣亦大为丰盈。如此一来,减肥的日子便显得轻盈而惬意。一月下来,体重一下子减少了整整10斤!这可真是做梦都想不到的巨大成就啊!

减肥的二月

一个月过去了,体重减轻了整整10斤!这整整10斤的减轻,与当年整整10斤的增加,都是我人生的里程碑。虽然这两个里程碑的走向各不相同,但对我人生的影响却完全一样。前一个里程碑,引领我从饥饿走向足食;后一个里程碑,则指引我从疾患走向健康。其中一个突出的标志,就是尿液中糖分的彻底消除。

记得第一个月的第三周,我又一次到校医院去检查尿液,结果表明一切正常。这个结果当然令我无比振奋。但更令我兴奋的是,这一结果还充分证明了我此前对自己身体状况的自我诊断和治疗。自从发现尿液中含有4个加号的时候,我便直觉地感到,这一病理变化与自己过度肥胖有着密切的关系,尤其与自己对甜品和水果的过度贪食密不可分。糖尿病确诊之后,我便下定决心,将减肥作为医治的唯一可行之法。这也是我成功减肥的直接动力。

减肥工程推进到第二个月的时候,我的信心不觉间增强了许多。每天早上起来一称,心情便"不亦说乎"。体重每天都在下降,对于减肥者而言,这实在是看得见摸得着的大奖。在这体重"天天向下"的大好趋势的鼓舞下,减肥计划不仅稳步推进,而且还自然地加快。在饮食方面,每餐三分之一的减少,不再是刻意的安排,而是自然的化裁。实际上,进入第二个月的中旬之后,我发现自己的胃口已经有了明显的缩减,稍微多吃一点都有些"难以承受"的感觉。早餐和晚餐食量的减少,其实已经远不止三分之一,大约只有原先的二分之一。

民间常说,早吃好,中吃饱,晚吃少。这个说法,和中国人自古以来的饮食养生法,其实是完全一致的。所谓的"早吃好",就是说早餐要适可而止,不饥即可,不可食之过量。这一点说得非常客观。早晨是一天中最为重要的时节,所谓"一日之时在于晨",强调的就是这个意思,因为上午是人一天中精力最为充沛的时候,也是最富有创造性学习和工作的时间。如果早上吃得太过,机体就必然调动大量的血液到胃肠道以促进消化,从而减少了大脑血液的供应量,长此以往就会使大脑的功能减弱,影响人们的创造性学习和工作。所以,早餐适可而止不但有益于减肥,而且还有益于开发智力。

所谓"中吃饱",就是说午餐可以吃得稍微多一点,因为经过一个上午的辛劳,食物的需求量会大一些,而且接下来还有一个下午的辛劳在等待着呢,多吃一点,多补充一点营养,也是客观需要。虽然"中吃饱",但也不要吃得太饱,更不要暴饮暴食。任何时候,过量的饮食都是有损健康的。有些减肥者,早晚餐饮控制得很好,但午餐呢,却放得很开,吃得很多,好像要补偿自己的胃口似的,弄得一个下午都胃肠溜圆。这种做法不但无益于减肥,而且还有害健康。就减肥的要求来看,所谓的"中吃饱",即进餐量保持在胃中略有饱满之感即可,不要吃得直伸脖子。就正常的生活来讲,过量的午餐也会影响下午的工作和学习。有的人下午总是显得精力不足,甚至昏昏欲睡,这就与其午餐食之过量所导致的大脑供血不足有一定的关系。减肥之人,对此更需慎加注意。

所谓"晚吃少",强调的就是对晚餐量的严加控制。中国自古就有"要想身体安,三分饥与寒"之说,讲的就是七分饱养生法。对于现代人而言,这样的养生法其实是很难坚持的,但对于减肥者而言,这样的养生法却是必须坚守的,尤其是晚餐。人们辛劳了一天,晚上确实比较饥饿,所以晚饭就很容易吃得比较多。但需要注意的是,晚餐之后不久就要入睡。进入睡眠状态之后,如果胃里还是"满仓满囤"的,这不仅影响胃肠的生理功能,而且还容易造成消化不良,影响身体健康。所以"晚吃少"不仅有益于减肥,而且更有益于养生保健。对于减肥者而言,这不仅是一定要坚守的原则,而且是减肥成功与否的关键。

在减肥工程推进的第二个月中,"早晚吃少,中午吃好",一直是我遵循的大法。在这一个月中,体重又减去了整整10斤,令家人和朋友大为惊讶。对于这样的变化,我其实已经习以为常了。这说明,我的减肥生活已经由刻意努力变为自然而然了。

减肥的三月

减肥工程推进到第三个月的时候，我的形体已经发生了根本的变化。除了鞋子没有什么影响之外，以往的穿着从里到外皆"不合时宜"了。以前非常喜欢穿的几套颇为合身的服装，现在穿在身上，简直就像披着被罩、穿着麻袋一样。虽然不得不重新购置衣服，但内心深处却是无比畅快。对我来讲，旧服装的搁置，新衣装的购置，实在是个改天换地的改变。这一改变意味着我的减肥计划基本成功了。

长时间没有见过面的朋友，偶尔相遇，都大为惊讶，以为我的健康出了大问题。每逢此时，我总是紧着赶着地解释，说明消瘦的原因。听了我的解释，朋友们更加惊讶，不知我得到了什么高人的神奇妙术，三个月的时间里就能减去30斤，且对自己的身体和心理都没有产生丝毫的影响。朋友中也有一些肥胖之人，也一直想减肥轻身，也一直在拜师求医，却始终没能如愿。听了我的进一步解释，特别是我的所谓"减肥只是一个概念"的说法之后，大家似乎都有所感悟，以为这才谈到了问题的根本。

大约在减肥的第三个月的下旬，当我已经实现了瘦身30斤的奋斗目标时，我再次来到医院，又做了一番细致的检查。检查结果显示，各项指标基本正常，说明我已经确诊的糖尿病不治自愈了。其实呢，说"不治"也不客观，因为减肥本身就是"自治"；说"自愈"也不实际，如果没有实施瘦身计划，已经确诊的疾患如何能"自愈"呢？当然，就医学的原理而言，疾病也有一定的自愈率。但对于因肥胖而导致的糖尿病这样的疾患来说，在没有采取任何应对措施的情况下能完全自愈，可能性确实是微乎其微的。

《黄帝内经》说："正气存内，邪不可干。"意思是说，只要体内保持足够的健康元素——现在所谓的"正能量"，那么，任何疾病都不可能侵袭人体。这样的状况在现实生活中可谓处处皆是。就肥胖而导致的糖尿病而言,病情的发生当然是由于肥胖而使"存内"的"正气"不足,因此才使致病的"邪"气乘机而"干"预人体。这里的"邪",是指导致疾病的因素。这里的"干",是指侵袭人体的意思。这虽然是古人的古语,但用现代科学来分析,道理也是一样的。现在的人一遇到头疼脑热,首先就去求医,就去吃药。这当然符合现代防病治病意识,却不一定完全符合养生保健的原理。

  人常说,医生可以治病,却不能救命,说的就是里治与外治的问题。也就是说,医生只能从肉体上对一个人的疾患加以诊治,却无法从精神上对其发生发展予以有效的预防和引领。事实上,能从精神和心理上主导疾病发生发展的主体,并不是医生,而是病人自己。当然,医生也可以帮助病人进行一些心理的疏导,但最终的效果还是取决于病人自身。减肥呢,其实也是如此。在减肥大军中,不少人秉持的观念,就是将自己瘦身的希望寄托于医生和药物之上,尤其寄托在一些所谓的大师身上,而将自己——减肥的主体——却置于其外。抱有如此观念的减肥者,自然难以实现自己的夙愿。

  在开始筹划减肥事宜的时候,我也曾经考虑过其他一些流行的方法,但最终还是选择了自主减肥。这个选择当然与我对《黄帝内经》的学习有一定的关系。经过三个月有效的减肥,我不仅更加坚定了自主减肥的信念,而且对以《黄帝内经》为代表的中国医学的精神有了更为深刻的感悟,并将其自然而然地融入自己的生活和工作之中。

  当减肥计划推进到第三个月的时候,我的生活也随之发生了较大的变化。由于身轻了,所以步子也迈得有节有奏,行动起来也不那么费力费劲。不但不费力不费劲,而且还自感轻盈自如了许多。也许正因为如此,我一直以来"好静不好动"的生活习惯,便自觉不自觉地有了一定的改观。早上伏案两个小时之后,很自然地到附近的公园散散步,感受感受晨风的清爽。晚餐之后,便下楼转悠转悠,活动活动腿脚,观赏观赏月色,瞭望瞭望星空,放飞放飞心情。走到树下,甚至还像小孩子一样纵身一蹦,摸摸高悬的树枝树叶。在三个月之前,这可是连想都不敢想的"小动作、大能耐"啊!

减肥的半年

三个月的坚持,我完全实现了健康减肥的目标和治愈疾患的目的。欣慰之余,不禁开始筹划新的生活。虽然已经到了知天命的岁月,虽然白雪已经开始飞满了头,但身体的轻盈变化、心境的恬淡逸宁,使我似乎感到了第二青春的到来,把已经到了暮年的我,鼓舞得热情高涨。于是乎,在保持健康、顺势养生的同时,我又开始了杂文的写作。

自从中学开始接触到鲁迅的文章之后,我便对杂文产生了浓厚的兴趣,并一直梦想成为一名杂文学人,以发扬鲁迅的精神,以继承先贤的志气。但由于自己文字功底、文化基础和社会阅历的浅薄,虽然多年来一直坚持学习和写作,却始终没能跨入杂文的独立王国。2002年的时候,因为某种机缘,我在上海中医药大学的校报上发表了一篇题为《译海心语》的小文,从而奠定了我的杂文风格,甚至可以说成为我杂文学习和实践中的一个里程碑。在嗣后的几年中,我先后撰写出版了《译海心语》《译海心悟》和《养心札记》等文集,某种意义上体现了杂文的精神,但还算不上真正的杂文。

2007年春,离开上海中医药大学,调入上海师范大学之后,由于对春风秋雨的体验和人情世故的感受,我对杂文中的"杂学"和"文学"有了更为透彻的理解和感悟,从而将我顺风顺水地推进了杂文王国的圣殿。但由于时也、运也、命也的交互,我的杂文意识还一直停留在"忍看朋辈成新鬼,怒向刀丛觅小诗"的"奴心"界面,与杂文的时代精神还相距甚远。减肥成功之后,回望过去的岁月,虽然阴霾依旧,但晨曦的微光已经透过层层瘴气,闪烁在云天雾海之外,不时给我传递着并不遥远的问讯。

抬头远望,楼堂如林,白云悠悠,不禁想起了鲁迅先生的诗句"躲进小楼成一统,管他冬夏与春秋"。我喜欢鲁迅先生的这首诗,也喜欢躲进小楼,特别是在减肥之前。但我躲进小楼,既不是为了"自成一统",也不是为了回避春秋冬夏,而是为了自习自修。当然,躲在小楼里的自习自修,也与自己沉重的身体不无关系。一般来说,体胖之人都喜欢坐着卧着,而不喜欢行着走着,因为动起来实在费力费神。自从成功减肥之后,我一直以来躲在小楼里的习惯便不知不觉地改变了。这一改变,使我更多地接触了社会,接触了民众,接触了生活,对杂文的感悟也因之更加深入、更加透彻。之后出版的杂文集《雪含西窗》《月落闲阁》和《在水一方》,都是减肥之后的新编,更是走出小楼以来的创意。

减肥半年之后,也就是2011年的春天,有几天忽然感到晕晕乎乎的,甚至有些头重脚轻的感觉。我以为身体又出了问题,心情不禁又紧张起来了。一天早上到公园散步,看到一家在公园设摊推销医药产品的服务人员,在为游园的老人测量血压。我也顺便走了过去,服务人员测试后告诉我,我的血压偏低。我闻言不禁大为吃惊!我自己患高血压五年多了,每天雷打不动地吃一粒兰迪降压,血压怎么又偏低了呢?难道是对方量错了吗?服务员又量了一次,确定地告诉我,我的血压确实偏低。我一头雾水地向前走了百十米,突然顿悟起来:难道减肥成功之后高血压也不治自愈了?如果真是这样,这减肥,也太神奇了吧!

我立即停止散步,匆忙奔回家里,拿出自备的血压计。一测量,血压果然偏低。看着测试的结果,我不禁大喜过望。看来,减肥的确使我多年的高血压不治自愈了。减肥的成效实在多多,不仅能瘦身轻体,而且还可以医治很多疾患呢!中医一向讲究的"大药",看来的确不在医家,不在药家,而在患者自家。从第二天开始,我便停止服用降压药。从那时到现在,两年多过去了,我的血压一直保持着良好的状态,从未出现过反复。从现代医学上讲,患高血压的人一旦服用了降压药,便只能与其终身为伍,很难终止。

没想到,减肥居然让我成功地告别了服用五年多的降压药。这对我一生的影响，可谓巨大无比。这意味着，我的体内，从此减少了毒素的沉淀和积累。这意味着，我的肝脏和肾脏，从此减轻了解毒和排毒的负担。这也意味着，我的生活质量和品味，从此得到了大大的提升和改善。半年的减肥生活，以糖尿病和高血压的不治自愈而完胜，何其快哉！

减肥的外动

运动减肥也是一种很流行的减肥观念。这种观念当然是有一定的道理。一般来讲,经常跑跑路,散散步,打打拳,或玩玩球,有利于锻炼身体,有利于消化食物,有利于舒经活络。民间常说的所谓"饭后百步走,能活九十九",说的就是这个意思。电视上的一些养生节目,书店的一些保健读物,在介绍减肥知识的同时,也大多强调运动的必要性和有效性。

但对于身体比较肥胖的人来说,运动却不是一件容易的事情。就是饭后散步,也有一定的挑战性。在以往的生活中,尤其是肥胖之后,我的运动兴趣和能力便大为消减,平时除了进出校园之外,大部分时间基本上都是伏案读写,很少主动地抽时间去走一走,动一动,更不要说跑一跑、练一练了。长此以往,双腿就显得有些僵直,肌肉也变得有些臃肿。有时自己也想运动运动,但还没跑几步,便感到有点气喘吁吁,力不从心。就是散步,也只能点到为止,很难走得时间长一点,步伐快一点。

开始减肥以来,在严格控制饮食的同时,我也注意增加一些运动。但由于身体的臃肿,年龄的偏高,再加上长期以来形成的生活习惯,很难像一般人那样围着操场猛跑,或追着个球狂奔,只能适度地走一走、动一动。这样的慢步行走,对于我这样心性偏静但又形体偏胖的人来说,还是有一定的积极意义的。尤其是黎明时分和晚餐之后,走出小楼,置身户外,一边散步,一边观景,一边畅想,一边思考,既有利于锻炼身体和消化食物,又有利于梳新思想和调整心境,可谓一举数得,很值得坚持。

运动是生命的一种具体体现,所谓"生命在于运动",强调的就是这个道理。客观地说,生命确实在于运动。但对于运动本身,一般人的理解往往只局限于跑跑跳跳或者伸伸胳膊拽拽腿这样一些形体的运动。这样的理解，虽然不无道理，但并不全面，即没能深入把握和感悟运动的形神关系。"生命"虽然在于"运动"，但实际上生命也在于"不动"。就动物而言，生命力最为强盛的，无疑是乌龟，可以活到上千年，但谁曾见过乌龟围着海滩，像长跑运动员一样拼了命地奔跑？谁曾见过乌龟站在海面，像跳水运动员一样纵身跳来跳去？当然没有。实际上，除了一些必要的慢慢腾腾的游动和走动之外，乌龟基本上是不动的。所谓的"龟缩"，讲的就是乌龟经常不动的生活方式。

乌龟不动，却可以活到千岁千岁千千岁。而人呢，尤其是现在的各级各类运动员们，虽然一天到晚不停地跑呀跳呀的，却往往难以长寿，不但难以像乌龟一样长寿，就是活到百岁，都极为罕见。特别是运动员们，由于过度运动，不但无益于健康，而且还大大损伤了身体，严重影响了生命的质量。这又是什么道理呢？难道生命真的不在于运动吗？

乌龟的不动与其长寿是否有着直接的关系，专家们自有专家们的专论。我非专家，自然难以有科学的评说。但从中国传统的养生观和健康观来看，生命在于运动的"运动"，当然不仅仅局限于蹦蹦跳跳这样一些形体的运动，而在于精气神力和五脏六腑的交互内动。换句话说，生命在于运动的"运动"，应该包括两个方面，即外动和内动。对于任何动物来讲，要生存，都必须有外动。鸟儿的展翅飞翔，猫儿、狗儿、兔儿在田野里的寻觅食物，其实就是外在的运动。人每天下田干活，出门上班，洗洗刷刷，也是外在的运动。

由此可见，外在的运动是生存的必然，任何人——除非瘫痪在床或囚禁在牢——只要活着，都不可能没有外在的运动。从这个意义上说，外在的运动其实是不需要刻意追求的。每天一起床，外在的运动其实就已经开始了。当然，这外在的运动呢，还存在一个度和量的问题。每天坐在办公室的公务人员们，相对于每天奔波在田间地头和建筑工地的劳动者来说，其外在的运动当然少了很多，下班之后的补充运动也是必要的。这大约就是为什么很多公务场合都有健身设施的原因吧。不过,这些设施所能提供的只有外动而已。至于内动,似乎还没有任何机构和部门可以供应。其实呢,对于生命而言,最重要的不是外动,而是内动。但对于很多人来说,内动还是一个相当陌生的概念,甚至连听都没有听说过呢。

减肥的内动

谈到运动，一般人的意识中，都是或奔跑，或打球，或爬山，或在公园散步，或在小区转悠，或在跑步机上忽悠。而说到"内动"，对于大多数人来说，似乎还很新鲜，甚至都没有听说过。

其实呢，"内功"并非新鲜事物，也不是学界时下对概念的玩弄，而是中国传统修心养性、保健养生思想中一个很重要的内容。比如，练功之人所谓的"内功"，在一定意义上就与"内动"有着密切的关系。只有"内动""动"到了位，"动"到了意，"内功"才有可能练就。不然的话，就只能像时下的各种"大师"一样，虽然可以自上而下地忽悠到底，却始终没有任何"功"力可言。这当然也是我们这个社会扭曲发展的必然结果。所以，我始终以为，单纯地谴责和批判这些"大师"们，显然是隔靴搔痒的权变之术，对于醇化社会风气，对于改善百姓生活，对于提高生存质量，其实没有什么实际意义。

所谓的"内动"，实际上强调的就是人的心理和精神境界的醇净与和谐。中医在治疗疾病时，强调的是"调理"。所谓的"调理"，就是要梳理病人失衡的心理以及失衡的内脏器官。人为什么会得病呢？主要原因还在于其体内各组织器官之间的关系失调了。人体各组织器官之间的关系，与政府各部门之间的关系是一样的。如果各部门之间的关系和谐，那么，一项政策就能很好地落实下去，一项工作就能很好地推进下去。如果各部门之间的关系失和了，相互推诿，相互钳制，那么，政府就会瘫痪下去，社会就会因之而动乱起来。中国历史上的改朝换代，不就是这样造成的吗？

人体也是如此。当各组织器官之间的关系协调时，每一个组织的作用，每一个器官的生理功能，就能得到充分的发挥，从而保证了人体的健康。如果各组织器官之间的关系失调了，那么就会影响人体正常的生理功能和生命活动,疾病也会随之而来。比如,心脏是人体的"君主之官",主血脉和神志。而肝脏是人体的血库,主藏血和疏泄。如果心脏和肝脏的关系失和了,自然就会影响到人体的营养和精神的正常。要想保持心脏和肝脏之间关系的和谐,除了吃好喝好之外,更重要的是保持良好的心态与平和的情绪。心是主神志的,如果一个人过度费心费神,自然会损害心的功能,导致自己精神的变异。而精神的变异,又会影响到肝脏的功能。肝脏除了藏血之外,还藏魂。神志发生变异之后,自然会影响到人的魂魄。

在中医学上,人体的内脏器官之间不仅有着密切的关系,而且与人的情志也有着直接的联系。中医认为,心与小肠相表里,肝与胆相表里,脾与胃相表里,肺与大肠相表里,肾与膀胱相表里。所谓的"相表里",就是指相互之间的密切关系。另外,心主神,肝主魂,脾主意,肺主魄,肾主志。此外,心还主喜,肝还主怒,脾还主思,肺还主悲,肾还主恐。所谓的"主",就是相关的意思。所谓的"内动",就是调整好人体的这些内在关系。

所以,懂得"内动",对于练功之人是至关重要的,这是毫无疑义的。对于寻常百姓而言,懂得"内动",并自主地加强"内动",也是其修心养性、保健养生和防病治病不可或缺的。尤其在这个红尘滚滚、阴霾密布的时代里,不但需要如此,而且还必须如此。在时下的这个礼崩乐坏的社会里,很多人虽然物质并不缺乏,资源亦很丰富,但终其一生呢,却活得很累,很苦,很无奈。究其原因,自然多之又多,但如果有一定的"内动"之"功",恐怕早就柳暗花明,早就蹊径独辟了。

在我们的周围也有一些人——当然现在已经很少了——虽然囊中羞涩,甚至家徒四壁,但纵观其一生,却活得潇洒如云,自如似风。庄子就是最为典型的榜样。孔子最宠爱的弟子颜回,也是令人高山仰止的范例。颜回家里很穷,吃的是粗茶淡饭,住的是破旧茅庵,却每日认真地学习,快乐地读书,努力地实践孔子的训教,最终成为传扬千秋万代的圣徒。

在减肥的过程中,外动是必须的,但内动是更为重要的。只有不断提高和推动自己的"内动",才能将自己的减肥生活与自己的人生密切地关联起来,才能真正地走向成功。

减肥的事项

所谓减肥的事项,当然是指减肥过程中需要注意的问题。这样的问题实在多之又多,一篇千字之文,很难说得全面,更难说得具体。这里,我想根据自己的体验,就三方面的问题,谈谈自己的看法,供有意瘦身的朋友们参考。这三方面的问题,其实就是三大变化,即心理的变化、胃口的变化和交际的变化。

在减肥的过程中,身体的变化是非常显著的,因为体重在不断减轻,同时也会产生一些心理的变化。有一些人在减肥的过程中,会出现抑郁的症状或失落的表现。这种情况的出现,也许有病理的因素,但更多的恐怕还是社会的因素和心理的因素。自古以来,俗常之人对人生的看法,说精了,说透了,无非"吃喝玩乐"而已。一旦减肥,就意味着"吃喝"的享受没有了,也就是说俗常生活的一半被剥夺了。这一点,是很多人在减肥过程中不断打退堂鼓的根本原因,也是很多人减肥失败的主要原因,更是减肥者出现反复的一大诱因。

如何梳理这一心理问题呢?我个人以为,将其与自己的生命紧密结合起来,便很容易拨开迷雾见太阳。人生最重要的是什么?当然是活着。如果不能活着了,还谈什么人生呢?人活着的第一要务是什么?当然是活得健健康康、舒舒服服、开开心心。但如果因为自己的肥胖而导致自己的健康受到损害,自己的生活受到制约,自己的活动受到限制,这样的生活难道不需要竭力改变吗?这样的问题难道不需要尽力解决吗?

在我们的一生中,每天都会遇到这样那样的问题,耗损了我们大量的精力、心力和财力,但还不一定能解决好呢。这就是我们这个社会自上而下一直纠缠不清的主要原因。在我们人生的这一箩筐又一箩筐的问题中,什么样的问题是比较容易解决的呢?我想,能通过我们自身的努力而解决的问题,就是最容易解决的问题。而且,也只有这样的问题,才能最终得到很好的解决。读书学习是这样的问题,减肥瘦身也是这样的问题。

在减肥的过程中,胃口的变化是自然而然的。随着饮食的控制,随着体重的减轻,我们的胃口自然就缩减了。对于减肥者而言,胃口的缩减是至关重要的,不然,这减肥的工程呢,就只能像时下官员们热衷的形象工程一样,除了浪费民脂民膏之外,不会有任何社会效益、文化效益和经济效益。但胃口的缩减也会给我们带来一些生理上的变化。我自己在减肥之前,除了胃口大而好外,消化能力也非常强。

作为北方人,我一直很喜欢吃宽厚的面条、硬实的馒头、冷冰的饮食。但自从减肥之后,忽然发现,我的胃变得像江南的汉子一样,温柔有余,雄气不足。面条稍微宽厚一点、馒头稍微硬实一点,咽下去就像砖头瓦片一样,将胃刺激得摇摇晃晃,极不舒服。偶尔吃一点冷餐,这胃呢,一下子就像坠入了冰窟窿一样,简直窒息得喘不过气来了。从此之后,我便不再吃任何生冷硬实的食物,而偏向于喝一些温情的粥,吃一些温柔的饭,饮一些温热的水。

这样的变化,我想,也是非常自然的。以前吃得太多,胃口像老虎一样,被养得霸气十足。现在缩食了,食物的摄入进入常态化了,胃口也就回归自然了。对于这样的变化,一定要采取顺应的态度,既要适应,也要顺从。减肥过程中,减肥成功后,饮食要多流质、多细软、多温热,以便能保护好肠胃,使其逐步适应新的生活。这样的适应一般需要半年到8个月。适应之后,胃的生理功能就会逐步加强,一年之后,基本上就恢复到正常的状态。

交际是现代人生活中不可或缺的一面,尤其是生活在城市中的人们。交际意味着什么呢?当然意味着情感、思想和公务的交流。但贯穿在这个情感、思想和公务交流过程中的,便是吃吃喝喝,甚至是大吃大喝。有意减肥的人,或正在实施减肥计划的人,最好不要参与这样的交际,因为"贪"是人的天性。面对山珍海味、珍馐佳肴,"垂涎三尺"的心理会打破一切瘦身的理念和信念。所以,正在减肥的人一定要"洁身自好",一定要努力回避交际活动,尽量不要出席任何宴会,不要参加任何管吃管住的所谓学术交流,不要独自或与人结伴出游。在减肥过程中,只有"独善其身"者才能到达彼岸。

影响健康的因素

什么是健康

在百姓的心目中,所谓的健康,就是没病。其实,这样的理念,不仅百姓有,很多学人和医家也享有。在《黄帝内经》的时代,这样的理念,自然是客观的,甚至可以说是科学的。因为上古时期不仅天是蔚蓝的,地是碧绿的,水是清澈的,而且人也是淳朴的、纯洁的、纯真的。在那样一个没有雾霾、没有污染、没有毒素、没有虚假、没有邪念的时代里,只要没有患病,当然是健康的,自然是长寿的。

但是,自从所谓的工业革命风起云涌以后,特别是自从所谓的现代化四海翻腾以来,天不再蓝了,地不再绿了,水不再清了,自然环境和人文环境皆雾霾四溢、毒气沸腾。而生活在这样非自然环境中的人,自然也不再淳朴了,更不再纯洁了。不但肉体充满了毒素,而且心里也充满了疫气,即便身体强硬如猛虎,心里也虚弱如柳絮。在这样的情况下,即便身体没有感染任何疾病,也无法享有健康,更无法享受幸福。

所以,1946 年世界卫生组织(World Health Organization,简称 WHO)成立的时候,在宪章中就对健康的概念做了较为现代化的定义,认为"健康是一种在身体上、心理上和社会上都比较完美的状态,而不仅仅是没有疾病和虚弱的状态。"(Health is a state of complete physical, mental and social well-being and not merely the absence of disease or infirmity.)

世界卫生组织关于健康的这一定义,把健康状态从生物学的层面,拓展到了精神和社会这两个重要的方面,将人的身心、家庭和社会生活的状态,纳入健康的综合要素之中,从而完善了比较符合现代社会、现代生活、现代心理的健康概念。这一概念,总体看来,是比较与时俱进的,更是比较客观实际的。

随着所谓现代文明的发展,特别是二战之后西方的文化体系、政治体制和思想观念以不同的形式、不同的路径、不同的色彩在不同的地域传播、打压和欺诈,环球虽然"同此凉热",但该热的时候却一点都不热,该凉的时候也一点都不凉。相反,不该热的时候,却热得烈焰腾腾,山虽然未崩,地却的的确确地裂了;不该凉的时候,却凉得阴瘆瘆的,甚至都冷得冰天雪地似的。在这样的环境中,不但人恐惧得死去活来,连鬼都吓得像缩头乌龟似的。在这样的状况下,健康,简直就成了一种登天似的奢望了。于是,"亚健康"的概念,便应运而生,且风起云涌。

于是,世界卫生组织便在1978年给健康下了一个更加与时俱进的定义,罗列了衡量是否健康的十项标准:

(1)精力充沛,能从容不迫地应付日常生活和工作的压力而不感到过分紧张。

(2)精神状态正常,没有抑郁、焦虑、恐惧发作等症状。

(3)善于休息,睡眠良好,没有失眠的表现。

(4)应变能力强,能适应环境的各种变化。

(5)能够抵抗一般性感冒和传染病。

(6)体重适当,身材均匀,站立时头、肩、臂位置协调。

(7)眼睛明亮,反应敏锐,眼肌轻松,眼睑不发炎。

(8)牙齿清洁,无空洞,无痛感;牙龈颜色正常,不出血。

(9)头发有光泽,无头屑。

(10)肌肉、皮肤富有弹性,走路轻松有力。

从世界卫生组织关于健康的定义与再定义来看,健康的确不仅仅是指没有疾患,没有病痛,而是指身体上、精神上和社会上都能保持自然和谐的一种理想状态。由此可见,健康的人不仅要有强壮的体魄,而且要有乐观向上的精神,更要有充满人情仁爱的心理。只有这样,才能与人际、与社会、与自然保持一种良好的、和谐的、温馨的关系。

所以,相对于躯体健康而言,精神健康更为重要。所谓精神健康,就是指心理的健康。有了健康的心理,则必然有健康的情绪、健康的思想、健康的思维。情绪健康了,思想健康了,思维健康了,身体自然就健康了,人生当然就更健康了。

何谓亚健康

新世纪以来,在医学领域,在保健行业,"亚健康"这一几乎普世的概念迅速地传播开来,可谓家喻户晓,人人皆知。所谓"亚",就是介乎于上与下之间的一种状态。孔子是圣人,曾子是贤人。在传承与发扬儒家思想和学说的过程中,孟子的贡献介乎于孔子和曾子之间,所以被后人尊奉为亚圣,很光荣的一个称号。

但对于健康而言,"亚健康"却不是一个很荣耀的概念,而是一种似病非病、似常非常的身体状况,非常令人纠结不已。在医学界,"亚健康"实际上已经被视为非健康的一种状态,已经有很多医学家在研究如何调理、如何治疗、如何解决"亚健康"的问题。由此可见,"亚健康"其实和健康有着颇为遥远的距离,与圣人和亚圣的关系截然不同。

从医学的角度来看,所谓亚健康,其实就是介乎于健康和疾病的一种身体状态。说是不健康,经过体检,各种指标都达标,各种要求都合格,各个器官的生理功能都很完善。说是健康,但有此状态的人却极为不舒,甚至极为痛苦。有的人正是由于无法摆脱这种形体虽然健康而精神却无比痛苦的状态,而终结了自己的事业或青春。

所以在医学界,主要是西医界,对于亚健康状态的诊断和治疗非常困难。法国人拉·梅里美在18世纪的时候,曾经撰写了一部颇有影响的哲学著作,名为《人是机器》,即将人视为机器一样的物品。梅里美的这一观点反映的就是西方人对人的一种基本的认识。西医发源于西方,自然也持有同样的观点。如果一部自行车各个部件都完好无损,各个部分都安装得完好无缺,运行的道路也宽敞平坦,却根本推而不转、骑而不动。这似乎是根本不可能存在的现象。但若将人视为机器,按说,也应该是如此,但实际上根本不是如此。

在现代社会里,有不少人,特别是白领阶层,虽然医院的各项化验和检查结果都表明,其身体各个部位和各个器官的生理功能都是非常正常的,都是完好无缺的,但其感受却极为别异,甚至充满了郁闷和痛苦,似乎深深地陷入了疲疠之气的漩涡之中。这些人的身体状况就是所谓的"亚健康"。

当然,健康的人有时也会有这样的感受,但这样的感受只是偶然的体验,而不是持续不断的磨难。比如,疲劳和失眠往往是处于"亚健康"状态之人的普遍表现,但健康的人偶尔也会遭遇这一困窘。不过健康的人经过适当的休息和调理后,很快就会消除疲劳,消解失眠。而处于"亚健康"状态的人,则往往是长期处于疲劳、失眠状态,很难摆脱,因而严重影响了其身体健康。

自己究竟是处于健康状态还是"亚健康"状态,这是大家都非常关心的问题。各国的专家学者都已研究出了很多测试方式和方法供大家参考。很多医生也很关心这一问题,在临床实践中,已总结出很多客观实际的测试指标。这些指标往往就像一支支标尺一样,任何人都可以拿来自我测量一番,都可以得出比较客观实际的结果。有人曾经总结出"亚健康"状态的30种症状,供大家做自我检测。

从实际操作的结果来看,这30种症状应该具有非常实际的指导意义。根据测试的效应来看,如果自己存在6项或6项以上的症状,就可以自我诊断为"亚健康",并按其要求努力自我调整,努力摆脱"亚健康"的束缚,努力向健康的路径迈进。现将这30种症状附录于后,供大家自检自测。

(1)精神焦虑,紧张不安

(2)忧郁孤独,自卑郁闷

(3)注意分散,思维肤浅

(4)遇事激动,无事自烦

(5)健忘多疑,熟人忘名

(6)兴趣变淡,欲望骤减

(7)懒于交际,情绪低落

（8）常感疲劳，眼胀头昏
（9）精力下降，动作迟缓
（10）头晕脑涨，不易复原
（11）久站头晕，眼花目眩
（12）肢体酥软，力不从愿
（13）体重减轻，体虚力弱
（14）不易入眠，多梦易醒
（15）晨不愿起，昼常打盹
（16）局部麻木，手脚易冷
（17）掌腋多汗，舌燥口干
（18）自感低烧，夜常盗汗
（19）腰酸背痛，此起彼安
（20）舌生白苔，口臭自生
（21）口舌溃疡，反复发生
（22）味觉不灵，食欲不振
（23）反酸嗳气，消化不良
（24）便稀便秘，腹部饱胀
（25）易患感冒，唇起疱疹
（26）鼻塞流涕，咽喉疼痛
（27）憋气气急，呼吸紧迫
（28）胸痛胸闷，心区压感
（29）心悸心慌，心律不整
（30）耳鸣耳背，晕车晕船

影响健康的因素

在当今的世界里,尤其在我们这个史无前例的盛世里,财、名、权、利,可谓人人皆有所爱。但对于经风雨、见世面、有理性、有经历的人来说,其更关心的,恐怕还是自己的健康,尤其在这个雾霾弥漫、毒气四溢的时代里,健康已经逐步成为老中青普遍关心的问题。

究竟是什么影响着人类的健康呢?漫天的雾霾、满地的毒气、满眼的污染,究竟会在多大程度上影响人们的健康呢?四处暗流的地沟油,毒素遍布的饮食物,热气腾腾的油烟味,到底会怎样危害人们的健康呢?忧郁的心情,郁闷的心理,愤懑的情绪,又会如何损毁人们的身心呢?对此,虽然人人皆有所感,但具体的数据与指标不是非常清楚。所以对于自然环境、社会因素和生活方式对人们健康的具体影响,一般人其实并不了解。但对这些问题的具体了解和把握,对于人们的养生保健却具有十分重要的意义。

这些问题,是医学界一直关心的问题,也是医学家们一直研究的问题。世界卫生组织曾经组织专家们对此进行了广泛的研究和总结,得出了较为客观实际的结论。世界卫生组织已经公布了这一结论,借以宣传健康生活的重要意义,借以指导全世界的人们了解影响健康的因素,把握维护健康的基本原则和要求。

根据世界卫生组织公布的数据,影响人们健康长寿的主要因素有五,即遗传因素、社会环境、医疗条件、自然环境和生活方式。这五大因素对人们的健康到底有什么具体的影响呢?在这五大因素中,究竟哪一项对人们的健康影响最大呢?从世界卫生组织公布的具体数据来看,遗传因素对人们健康的影响指数为15%,社会环境对人们健康的影响指数为10%,医疗条件对人们健康的影响指数为8%,自然环境对人们健康的影响指数为7%,生活方式对人们健康的影响指数为60%。

看到这五大影响指数,大家一定会感到非常惊讶。对于一般人而言,自然环境、医疗条件应该是影响人们健康的主要因素。所以大家都十分关心自己居所周围的环境,甚至因为老人的群舞、汽车的喇叭和施工的吵杂而愤懑不已。对于医院,大家更为关注,即使有点头疼脑热的小毛小病,都要紧追不舍地奔向声望高、影响大的医院去,将自己的健康完全寄托在医院的身上。正因为如此,一旦治疗不成功,便要愤怒地打砸医院,砍杀医生。

但科学研究的结果,却并不是这样。自然环境对人们健康的影响指数仅为7%,医疗条件对人们健康的影响指数仅为8%。可见,对人们健康影响最大的不是自然环境和医疗条件,而是社会环境、遗传因素和生活方式。社会环境对人们健康的影响指数占到了10%,超过了自然环境和医疗条件。因为人不仅生活在社会之中,而且还创业在社会中,交往在社会中,游弋在社会中。因此,人们将自己的身心,将自己的精神,将自己的思想,其实都基本放置在社会这个大舞台上,其对人们身心健康、精神状况和思想意识的影响,由此可见一斑。

遗传因素对人们健康的影响指数占了15%,远远超过自然环境、医疗条件和社会环境,这恐怕是一般人从来没有想到的。做什么事都要有一定的基础,这是人人都明白的道理。这就像创业一样,没有一定的资金或资源作为基础,是无论如何也无法开张的。这更像学业一样,没有一定的文化积淀,没有一定的知识积累,没有一定的学术水平,也就没有发展自己学业的基础。健康也是这样,父母遗传的因素自然而然就是人们赖以茁壮成长的基础。对于这一点,任何有理性思维能力的人应该是闻而知之。然而,父母遗传的另外一些因素,则成为直接或间接影响人们健康的致命元素。大家耳闻目睹的遗传病,就是典型实例。

所谓的遗传病,指的就是因遗传物质发生了改变而引起的疾病,或因致病基因而导致的疾病。从临床治疗和实验研究来看,遗传病一般都是完全因遗传因素或部分因遗传因素而导致的疾病。这些疾病既有先天性的，也有后天性的。例如，先天愚型、多指（趾）、先天性聋哑，都是因为遗传因素而发生的遗传病。有些遗传性疾病，如血友病等，一般都在患者出生一定时间之后才发病。在这些遗传性疾病中，有些在患者出生几年、十几年、甚至几十年后，才会表现出明显的临床症状，给治疗造成了很大的困难。假肥大型肌营养不良，就是典型的一例。

假肥大型肌营养不良是由遗传因素导致的以进行性骨骼肌无力为特征的一组原发性骨骼肌坏死性疾病，一般到儿童期才发病。其主要临床表现为不同程度的、不同分布的、进行性加重的骨骼肌萎缩和无力。这一病症可累及心肌。患儿出生时或早期的运动发育都基本正常，少数患儿有轻度运动发育延迟，或独立行走后步态不稳的表现。一般5岁后患儿的症状才开始有明显的表现，如髋带肌无力日益加重，行走摇摇摆摆，如鸭步态，而且经常跌倒，不能跳跃，不能上楼。10岁后大多数患儿丧失了独立行走的能力。20岁前大多数患者会出现咽喉肌肉和呼吸肌无力，吞咽困难，呼吸困难，声音低微，很易因吸入性肺炎等继发感染的发生而死亡，其可能的存活期一般在40岁左右。

有些遗传性疾病的发生，与其他因素或其他疾病的影响也有很大的关系。从临床统计的数据来看，哮喘病的发生，其遗传因素占80%，环境因素占20%。如果生存的环境非常清净、自然、美好，这类遗传性疾病可能就不会发生。再如胃及十二指肠溃疡的发生，遗传因素只占30%～40%，而环境因素却占60%～70%。如果患者的生活环境清洁优美，空气醇净温馨，这种遗传性疾病也很可能不会发生。

按说，在一个家庭中，遗传性疾病应该人皆有之，个个难免。但从目前的临床观察来看，在一个家庭中，很多遗传性疾病虽然可能祸及多人，但也有可能不会祸及每一位家庭成员，因为有些遗传性疾病为散发性的。比如像苯丙酮尿症这种疾病，属于染色体隐性遗传病，其致病基因的频率比较低。一般来说，只有夫妇双方的身体里均有导致该疾病发生的基因时,其生育的子女才会因此而患病。

遗传性疾病听起来令人十分恐惧,对人们健康的影响的确非常巨大。但相对于生活方式,遗传性疾病对健康的影响,还是十分渺小的。科学研究结果表明,生活方式影响人们健康的指数为60%,远远超过自然环境、社会环境、医疗条件和遗传因素影响指数的总和。这说明,健康的生活方式,才是保证健康的身体、健康的心理、健康的人生最为重要的元素。

老子说,"我命在我不在天",强调的就是自己的生活方式对自己生命质量的决定性意义。所以,健康的生活方式才是健康人生的保障。那么,什么样的生活方式才是健康的呢?对此,时下的广播、电视、报纸和书刊天天都有山呼海啸般的宣传和报道,可谓无处不有。但为什么人们心诚意正地按照这些宣传和报道去做了,去行了,却没有获得多少理想的效果呢?原因很简单,这些宣传和报道都是商业性的、臆造性的,或忽悠性的。宣传者和报道者其实根本没有掌握健康的实质和真谛。

在中国过去的几千年中,中国的哲人、学人和医家都对健康生活做了颇为自然、颇为深入的研究和探索。《黄帝内经》的"上古天真论",就是对其精神实质的总结和概括,对于今人而言,依然有着非常实际的指导意义。虽然观念来自于"上古",但因为所论是"天真",因此,依然是放之四海而皆准的真理。对此,本书在"如何健康地生活"、"四季养生法"中,有专门的介绍和分析,供大家参考。

影响健康的疾病

客观地说,任何疾病,无论性质如何,无论表现怎样,无论危害轻重,都会直接或间接地影响人们的健康。这是毫无疑问的。但任何问题都有表里之分、难易之别,其影响自然也有缓有急、有轻有重。所以,在探讨影响健康的疾病时,首先需要考虑的是其对健康直接的和危重的影响。

对健康有着直接和危重影响的疾病很多,尤其是人体各个系统的慢性病。比如,呼吸系统的慢性阻塞性肺气肿、哮喘、慢性肺心病、慢性呼吸衰竭、矽肺、肺纤维化;循环系统的慢性心力衰竭、冠心病、先天性心脏病、高血压、心脏瓣膜病、慢性感染性心内膜炎、心肌疾病、慢性心包炎;消化系统的慢性胃炎、消化性溃疡、肠结核、肠炎、慢性腹泻、慢性肝炎、肝硬化、慢性胰腺炎、慢性胆囊炎;泌尿系统的慢性肾炎、慢性肾衰、泌尿系慢性炎症;血液系统的慢性贫血、慢性粒细胞白血病、慢性淋巴细胞白血病、慢性淋巴瘤;内分泌系统的慢性淋巴细胞性甲状腺炎、甲亢、甲减;代谢和营养的糖尿病、营养缺乏病、痛风、骨质疏松;结缔组织的类风湿性关节炎、系统性红斑狼疮、强直性脊柱炎、干燥综合征、血管炎、特发性炎症性肌病、系统性硬化病、骨性关节炎等。这些慢性疾病不但会影响人们的健康,而且还会影响人们的寿命。

一般来说,慢性病对人健康和寿命的影响,既是常态性的,又是持久性的。而对人的健康和寿命影响更为直接的、更为危重的,则是传染性疾病。这是大家都明白的道理。1996年5月19日,世界卫生组织发表的世界健康状况报告显示,人类健康面临的最为严重的威胁是传染病。该报告说,1995年全世界因传染病而死亡的人数达1700多万,其中900万是儿童。

该报告指出,近20年间世界上新出现和重复出现的传染病至少有30多种。其中许多传染病威胁着世界1/2的人口。由于各国在传染性疾病的防治方面存在一些问题,使得一些已经绝迹或正在根除的传染病死灰复燃。例如,在世界许多地方,霍乱、疟疾和肺结核等疾病又蔓延开来。艾滋病、埃博拉、出血热等新出现的易于传染的疾病,对人类已经构成了严重的威胁。疯牛病的出现,更引起了人们极大的恐慌,担心其会传染给人类,导致人类新的脑病的出现。

随着传染性疾病的不断出现和重复出现,使得许多病菌逐渐产生了抗药性,使得一些用以治疗和预防传染病的抗菌素先后失去临床疗效。比如,几种防治肺炎的常用药品,因其疗效大为降低而被淘汰。这种状况是令人非常担忧的,因为新药的研制需要更多的时间和资源,无法迅速取代失效药物,因而给治疗和预防带来了很大的困难。当然,在今天的某些地方,新药的研制几乎如同孙悟空的变术一样,拔根毫毛一吹,就天翻地覆了。但这样的翻覆,充其量也就是践行本山在小品舞台上所说的忽悠而已,除了药商和贪官敛财、谋财和发财之外,便是损害、危害和残害民众的健康和生命。

该报告认为,在各国的共同努力下,在不久的将来人类有希望消灭包括小儿麻痹以及麻风病在内的部分传染病,但要有效地防治其他各种传染病的蔓延,还是相当困难的。造成传染病蔓延的因素很多,主要包括城市人口暴涨、战乱和天灾的出现、航空业和贸易业的发展以及社会经济的落后。由于城市人口的暴涨,居住环境变得拥挤而脏乱,导致传染病的复发和蔓延。一些国家的战乱和很多地区的天灾都导致了人口的逃难性流动,诱发了传染病的四处传播。航空业和贸易业的日益发达,又加速了病菌的传播,使得病菌可在几天内,甚至几小时内就能从一个国家传播到另一个国家。而一些国家社会和经济的落后,则使得公共卫生系统难以维持、难以发展,直接影响了传染病的预防和治疗。

从历史与现实的发展来看,传染病已不仅是一个健康问题,而已经成为一个社会问题,其对每个国家、每个地区、每个个体的影响和危害都是难以估量的。其对国家的安全、对个人的健康、对人类的生存皆构成了严重的威胁。对于这一威胁,我们绝对不可熟视无睹,尤其是政府及其主管部门。只要我们每个人都密切地关注了这一问题,都严格地响应了其预防要求,都谨慎地调理了自己的生活习惯,不仅会有效地保障自己的健康,而且还会保障国家的安全和人类的生存。只要国家真正地重视了这一问题,只要主管部门真实强化了管理并真诚地推进了预防和治疗,那么,民众的健康和国家的安危自然就如同大地回春一般,充满了生机和希望。

危害国人的疾病

虽然任何疾病都会影响任何人的健康,但并不是任何疾病都会发生在任何地方。这就像动物和植物一样,地域不同,种类也不同,色彩更不同。比如袋鼠,虽然现在世界各国的动物园中都有收藏,但其主要发源地和生存地只在澳大利亚。再比如大熊猫,虽然有些国家的动物园中也有珍藏,但谁都知道这是中国特有的珍稀动物,其他各国皆无其生存的历史和条件。

疾病也是如此。在我国,疾病的种类可谓多之又多,很多流行于其他国家的急性和慢性疾病,特别是一些传染性疾病,也同样威胁着国人的健康,影响着国人的生命。艾滋病就是最为典型的一例。由于基因、体质和生活方式的原因,有些疾病对国人健康和生命的威胁,则远远超出其他国家,因而成为威胁国人健康和生命的主要杀手。卫生部、国家发改委2012年发布的《慢性疾病防治三年规划2012—2016》表明,我国目前心脑血管病、糖尿病、恶性肿瘤、慢性呼吸道疾病的患者人数在2.6亿以上,消耗了国家卫生资源的70%,占人口死亡原因的85%。可见,这几类疾病便是直接影响国人健康的主要因素。

在这几类疾病中,心脑血管病是对国人健康和生命危害最为严重的疾病。这类疾病的发生,往往与国人的饮食习惯和生活方式有着直接关系。人们常听说的所谓"冠状动脉粥样硬化",就是因为过多食用多脂肪的肉类和植物类食物而造成的严重后果。过多食用多脂肪类食物,必然会导致血脂的增加,从而诱发了冠状动脉粥样硬化的发生。这种病理状况的发生,如同下水道的堵塞一样。如果下水管的流水中含有大量杂物,一方面会影响水的流动速度,另一方面也会沉淀在管道中。久而久之,管道就会变得狭窄,造成水流的堵塞。血管也是如此,如果血液中含有大量的脂肪,就会影响血液的循环流动。同时,血液中的脂肪也会像水道中的杂物一样,慢慢地沉淀在血管的四壁。所谓的"动脉粥样硬化",说的就是血脂在血管四壁的沉淀。

粥样硬化的血管,其造成的直接后果,一方面是减慢了血液的流动,另一方面是造成了血管的堵塞。与心脏和大脑有关的冠心病、心绞痛、心肌梗塞、脑梗塞和脑溢血,都是心血管粥样硬化和脑动脉粥样硬化造成的直接后果。为了有效地预防这类危害极大的疾病的发生,饮食方面要严格控制动物脂肪和植物脂肪。国人传统饮食方面讲究的所谓"色香味",其实就是对脂肪类食物食用的看重。这样的传统曾经是高雅的,也是中国传统美食学所重视的。但由于时代的变化、环境的变化和饮食的变化,这样的传统如今若再继续传承下去,便有些俗而不雅、香而不健了。

高脂肪类饮食除了会引起心脑血管的病变之外,还会增加大肠癌与乳腺癌的发病率,还会导致胰腺癌、前列腺癌、子宫内膜癌、胆结石、胆囊炎、脂肪肝、2型糖尿病等危害性极大的疾病的发生。经过漫长的临床实践和科学研究,很多慢性病不但可以治疗,而且还可以预防。比如通过种牛痘,危害了人类几个世纪的天花已经被灭绝了。通过吃糖丸,危害了人类很长时间的脊髓灰质炎也几乎快要被消灭了。但遗憾的是,对国人的健康和生命威胁最为严重的冠心病和肺癌等几大类疾病,目前还无法研制出像灭绝天花的疫苗和消灭脊髓灰质炎的糖丸那样的药物对其加以预防。而要从根本上预防和消灭这些对国人健康和生命危害极大的疾病,则需要通过自然的、科学的、健康的生活方式来改变国人生活和饮食的不良习惯。特别要减少脂肪的摄入,要注意饮食的清淡,要维护环境的纯洁,要保持心态的淳朴。只有如此,才有可能从根本上消除导致心脑血管疾病发生的主要因素,才能真正有效地预防和消灭这些严重危害国人健康和生命的疾患。

2011年7月26日,世界银行在一份题为《创建健康和谐生活:遏制中国慢性病流行》的报告中指出,中国50%~65%的慢性病其实是可以预防的。该报告估计,在2010—2040年的30年间,如果中国每年能将心血管病的死亡率降低1%,其经济效益就相当于2010年中国实际GDP的68%,超过10.7万亿美元。

该报告指出,导致中国慢性病不断上升的主要因素包括过量摄入高脂、高盐类食品,吸烟率的不断增高,含糖软饮料的不断增多,居民运动的不断减少,肥胖率的不断升高等。发达国家的成功经验证明,只要减少和消除了导致慢性病的主要因素,国民的健康状况就会很快得到改善,一年之内就可以大见成效,根本不需要花费很多年的时间去忽悠。

该报告指出,中国未来经济的发展和国力的增强,必将因威胁其人口健康的慢性病而缓慢下来。可见,危害国人健康的慢性病,不但对国民的健康和生命造成了很大的威胁,而且还极大地影响了国家的发展。可见,个人的健康,就是民族的健康,更是国家的健康;个人的发展,就是民族的发展,更是国家的发展。

影响健康的饮食

吃什么，喝什么，始终是所谓的养生保健专家在广播、电视、讲坛上重点又重点、重复又重复的演讲主题。实际上，在目前这个空气污染、土壤污染、水源污染、心灵污染的时代里，无论吃什么、喝什么、用什么，其实都是养不了生的，更保不了健的。但毕竟你我他皆是凡俗的，而不是脱俗的。而在这个俗尘的世界上，凡人皆是要吃喝拉撒的。因此，谈谈吃什么、喝什么，对于俗尘之人来说，的确是重之又重的。

所以，尽管我本人对"将人生当成养殖场"的这样一些做法、说法和想法始终持有一些不同的看法，但面对俗尘之世的俗尘之行和俗尘之见，要想从根本上解决俗尘之世的问题，还是要与俗俱俗、与尘俱尘的。因此，在和大家漫谈养生保健问题的时候，我不得不将话题转向举世热而我独凉的问题上，希望能为大家提供一点切实可行的方略。我们所处的这个时代，毕竟是讲究实用的，毕竟是重物质而轻精神、重生活而轻生命的。

关于吃喝的问题，《中国居民膳食指南（2007）》以及此后历年的修改方案都一章一章又一章地做了非常细致的论述和总结。这一系列论述比历朝历代美食家们所迷藏的各种各样的食谱自然要靠谱得多，因为这些"指南"都是立足于所谓的科学发展观，而不是人文健康观。不过，正因为立足于所谓的科学，所以，有些统计数据，尽管不一定完全靠谱，但还是有一定的参考意义。

比如关于油和盐的问题，就是一个颇为实际的问题。其统计数据，是颇为值得注意的。千百年来，国人一直比较重视所谓的油水和盐水。从传统的观念来看，所谓的油水，反应的是食物的质量和层次。由于平民百姓自古以来总是缺吃少喝，尤其是缺少所谓的油水，所以谈到饮食,大家非常重视的就是所谓的油水。正因为如此,没有油水的食物,便一直被视为吃糠咽菜般的穷困生活。这就是国人自古以来所传承的饮食观念。从历史的角度来看,这样的观念自然是非常客观实际的,但从现实的角度来看,这样的观念的确已经成为历史文物了,已经无法面对现实生活了。

由于盛世的突然来临,中国的油水就像黄河壶口的瀑布一样,突然电闪雷鸣般地自天而降。虽然混混沌沌,但还是滚滚奔腾,势不可挡。不仅仅为官者整天盘踞在豪华的酒店和饭店里狼吞虎咽地大咥珍馐佳肴,就是平民百姓的锅碗瓢盆中,也充满了油腻之味和肥腻之气。姑且不论这些滚滚奔流、混混沌沌的油水到底是纯洁的自然油还是腥腥的地沟油,其过多摄入,对国人的身体健康都是有百害而无一利的。

《中国居民膳食指南》的统计表明,从健康和养生的角度来看,国人每人每天食用的植物油或动物油,最多不能超过 30 克。也就是说,30 克是国人每天食用油量的极限。从健康和安全的角度来讲,每天食用 20 克以下的油,大概才是比较有益于养生保健的摄入量。但从国人实际的饮食状况和研究人员的调查结果来看,我国一般居民每人每天烹调用油平均指数为 44.6 克,超过了健康摄入量的一倍。而从酒店和饭店的烹饪状况来看,更远远超出了这个平均数值。就是在一般单位和普通高校的餐厅里,这样的情况也是非常普遍的。这与国人传统的烹饪方式和饮食观念当然有着直接的关系。

我国传统的烹调方式,是用油来炒菜,而不是用水来煮菜。按说蔬菜应该是清淡的,有益于健康的。但由于国人油水充盈了,所以炒菜用的油也就越来越重了,使得应该清淡的蔬菜却变得油气十足、腻味非凡。蔬菜本来是健康的,有益于养生的,但由于油水加重了,油气浓郁了,吃多了也就影响了健康,妨碍了养生。这一现象不但引起了专家们的关注,就是普通百姓对此也很有感觉。

但要从根本上解决过量食用油的问题,还需要国人——无论高端人士还是低端人士——淡一淡自己的口味,清一清自己的心底,正一正自己的胃口。为了自己的健康,为了自己的生命,即便心境无法淡定,即便心底无法清素,但口味一定要淡定,胃口一定要清素,不然可就要付出健康的代价,甚至生命的代价。

饮食中影响健康的第二大因素便是盐。在中国的历史和文化中,盐一直如同黄金一样,备受国家和国人的重视。在古代的历朝历代里,盐都像今日的出版业和媒体业一样,是国家专控的,是皇帝亲抓的。任何人只要有权力、有地位摸一摸盐,舔一舔咸,就如同今日有权力、有地位买官卖官一样,很快便成为江河湖泊上的弄潮儿。在"文革"期间,盐不但是专卖的,而且还要凭专票才能购取。那时,即便手头有大把大把的钞票,如果没有那一寸宽半寸长的专票,也不可能摸到盐。可见,盐在我国曾经的历史和曾经的现实中是多么贵重和缺乏。

今天,在这个灯红酒绿、野花烂漫的盛世里,盐就像名师、大师和高师一样,不但遍地开花,而且还遍地结果。不过这果呢,既不是甜酸的,也不是苦辣的,而是令人心酸的、苦涩的。因为这果就是人人都怕得要死、个个都吓得要命的高血压。没有盐的食用,人是无法存活的,这是无可置疑的事实,但过多食用盐等于自残自废。食用一定量的盐,可以保留人体的水分,保证人体的健康;但过多食用盐,则使血的容量增多,使血液在搏动时对血管的冲击力增加,因而使血压升高,危及健康。

《中国居民膳食指南》指出,食盐每人每天不能超过6克,高血压患者每天不能超过3克。但中国营养学会的调查却表明,国人每日对盐的食用量远远超出了安全底线。据调查,北方人每人每天食用的盐量高达15～18克,南方人每人每天食用的盐量虽然较低,但也达到了10～12克,是全世界食用盐量最高的。我在北方生活的时候,经常听人说,"好厨师,一把盐"。可见所谓的好厨师,不过就是在食物中乱撒盐而已。尽管是乱撒,食用者却极为欣赏。可见北方人对盐的食用量有多高。南方人虽然比北方人低一点,但毕竟全国一般齐,且都是炎黄的子孙,即便在国内相对低点,在国外却依然得像喜马拉雅山一样高。

什么样的饮食才是健康的呢？这是目前人人都懂的,即要"清淡"。什么是"清淡"呢？简而言之,油少谓之"清",盐少谓之"淡"。所以,健康的饮食,除了新鲜、洁净、安全之外,还要少油少盐,再加上少吃。只要"三少"牢记在心,牢控在口,健康的生活,便有了基本的保障。

除此之外,还有七点亦需特加注意。一是不新鲜的蔬菜含亚硝胺类致癌物质,是引发食管癌、胃癌的元凶,千万不要为了节约而随意食用。二是发霉的花生和玉米含有黄曲霉毒素,易于引发肝癌,在宾馆餐厅用餐时,要慎加注意,不可大意。三是煎炸食物含有苯并芘,可诱发喉癌和肺癌,不要为其香味所诱惑而大咥不已。四是食物过于精细,可导致大肠癌发病率的增加。时代变了,孔子当年提倡的"食不厌精,脍不厌细",已经无法与时俱进了。五是饮食过量易引发糖尿病,这是人人都明白的道理,无须细说。六是淀粉即多糖,摄入后统统变成葡萄糖,其危害也是人人皆知,个个皆明的。七是食不可多,七成即可。国人自古以来所说的"要想身体安,三分饥与寒",讲的就是这个道理。

吸烟的致命危害

2013年上海市政协开会前，我提交的几个提案中，有两则都是与抽烟相关的。一个是关于留学生的管理问题，因为在我们这个自以为是的时代里，无论是在"211"、"985"所谓的高原、高峰的高校里，还是在一般的普通高校里，无论白人、黑人还是黄人的留学生，都似乎是烟草下的种、烟花结的果，除了拼死拼活地在校园里抽烟外，就是鬼哭狼嚎般地狂饮乱捣，将中华民族自古以来视为文化圣地、文明圣殿的高等学府践踏得乌烟瘴气，令人呜呼哀哉，无可奈何。

另一则提案是关于建立无烟校园。这个提案，与留学生管理的提案，其实是一脉相承的。作为文化圣地、文明圣殿的高等学府，如今已是四处烟蒂横飞，烟气弥漫，烟民密布。这样的学府高虽高矣，却精气皆无。至于神，就更无从得见了。两则提案最终得到了上级部门的极大关注，派专人前来向我送达正式答复。从官方的答复来看，他们早就死死地抓这件小布丁点的事情了，而且还有这样那样的规章制度作为保障呢。

这样的答复，自然是令人满意的。但现实呢，却是令人百思不得其解。校园里有些来自东洋西洋的所谓留学生们，无论是呲牙咧嘴的雄性还是原形毕露的雌性，依然在校园里肆无忌惮地往死里抽烟，玩命地捣乱，可至今也无人管，更无人罚。我倒是拼死拼活地管了，却遭到这些鬼子般的留学生挥拳威胁与高声谩骂，甚至还赢得了执管部门负责人的横眉冷对。

愤怒之余，我也颇能理解。因为在我们的国家将危害无比的烟草居然尊称为"香烟"，就像将教书匠的孔子尊奉为"圣人"一样。怪不得这些东洋棒子、西洋鬼子般的留学生敢如此肆无忌惮地在校园里抽烟，怪不得高校中如此高端的国人能如此地容忍这些东洋棒子和西洋鬼子如此地破坏中国的民族文化、颠覆中国的教育秩序、侮辱中国的学子学人！

烟草真的是"香"的吗？真的像佛殿里的香火一样，能启迪人们的心灵，能使尘民与神仙交流沟通吗？鬼都知道，绝对不是如此。既然绝对不是如此，但为什么还有那么多人热衷于抽烟呢？这就像吸毒一样，人人都明白其危的道理和害的结果，但依然有那么多人沉溺其中，难以自拔。尤其是抽烟，在很多人看来似乎与吸毒有着本质的不同。若非其然，为何还有那么多的高级领导人还在拼命地抽烟呢？为何国家不但不禁烟，而且还冠冕堂皇地主办了那么多烟厂和专卖店呢？所以，只要吸毒被发现，就会被抓，只要贩毒被发现，就会被捕，只要超过了50克，就会被杀。但吸烟如行云流水一般，天不管，地不管，人呢，就更不管了。

其实呢，吸烟的危害一点也不亚于吸毒。科学研究表明，烟草中含有600多种有害的物质，其中40多种为致癌物质，如烟焦油、苯并芘等。抽烟不但导致癌症的发生，也会引起很多其他致命的疾病。例如，烟草中的尼古丁会使血管收缩，从而引起冠心病的发作；同时，血管的收缩也会导致内皮细胞受损，引起脂质沉淀，诱发动脉粥样硬化的形成。所以，吸烟者与不吸烟者相比，其动脉粥样硬化不但发生得早，而且表现得也更加严重，从而使心肌梗塞的发生提前了16年。

长期吸烟，其烟雾将严重地损害支气管黏膜，引起"老慢支"、肺气肿、肺心病等危重疾患的发生。与不吸烟者相比，吸烟者患肺癌的危险性要高出8～12倍，患喉癌的危险性要高出8倍，患食管癌的危险性要高出6倍，患膀胱癌的危险性要高出4倍。吸烟的危害性，由此可见一斑。有的烟民很明白吸烟的危害，也一直在打算戒烟，但一直是说而不做，或做而不彻。这其实就是对自己健康的忽视，对自己生命的漠视。其实烟毒的危害，还有很大的持续性。如果一个烟民现在戒了烟，长期吸烟对其身体造成的危害，16年才能彻底消除。也就是说，烟民体内积累的毒素一般要残留16年才能消除干净。可见，烟民们要想健康地生活，要想保护自己的生命，还是早戒除的好。

被动吸烟的危害,也是人人皆知。而被动吸烟的最大受害者,除了周边的民众之外,就是烟民的家人。一项调查表明,家中若有一人吸烟,其他家人患癌症的危险性将增加一倍;家中若有两人吸烟,其他家人患癌症的危险性将增加两倍。由此可见,烟民戒烟,不仅仅是保护自己的健康和生命,也是保护周围民众的健康和生命,更是保护家人的健康和生命。

如何健康地生活

传统的养生观

　　传统的生活是健康的,原因有自然的,也有人文的。所谓自然的,当然是指洁净的空气、醇净的饮水、清净的环境和清洁的土壤。所谓人文的,当然是指淳朴的民风、纯正的性情和纯洁的心灵。这样的传统,经历朝历代的改天换地,虽然朝朝有所践踏,虽然代代有所改变,但其基本的精气神韵还能有所保持、有所传承。从民国时期文人的笔墨、道人的修炼和佛人的修行,即可看出几分实际来。

　　可惜哉,这传承了千秋万代的中华民族健康传统,如今却像新疆的戈壁滩一样,沙石乱飞,寸草不生。所以,今天谈所谓的健康,所谓的养生,真像曹雪芹谈太虚幻境一样,听起来精彩诱人,可实际上呢,谁也看不到,谁也找不到。但纵观历史,中国人健康的传统、健康的人生还是找得到的。我的手头就有这样一部传承了五千多年的历史记录。这部历史记录就是大家都听到却不一定都看到的《黄帝内经》。

　　《黄帝内经》以黄帝与其大臣谈话的形式,记载了中华民族自古以来的健康理念、生活观念和幸福信念。对于生活在雾霾弥漫、毒气四溢、邪气漫窜时代中的我们而言,这些来自远古的健康理念、生活观念和幸福信念,似乎就像曹雪芹所畅谈的太虚幻境一样,想得清却看不清,想得到却见不到。然而,这些理念、观念和信念却与太虚幻境截然不同。太虚幻境完全是曹雪芹先生在痛苦的人生中梦幻起来、想象出来的,不但现实生活中没有,历史进程中也没有,未来发展中更没有。所以，这样理想的境界，说到底，都是太虚的，都是幻想的，从来不会是实际的。

　　但《黄帝内经》所记载的先民的健康理念、生活观念和幸福信念却不是太虚的，更不是幻想的，而是客观的实录。虽然如今的国人早已没有了这样的理念、观念和信念，但其灵魂深处，依然隐含着民族的生理基因和文化基因。尤其是民族的文化基因，虽然如今谁也不记得了，但潜在的意识和直观的感受，星星点点还是有的，不然你我他怎么还有民族的恒久意识呢？就像儒家所倡导的"仁义礼智信"这一传承天下几千年的"五常"一样，如今虽然很难见到能守仁、能守义的君子了，但对于"仁"和"义"的理想，却人人都还持有，个个都还期盼。所以，"仁"和"义"现在虽然找不到了，但以前确实存在过。只要以前曾经存在过，曾经倡扬过，再光复、再践行，其可能性还是有的。

　　正是基于这一信念，我想借撰写本书的机会，将《黄帝内经》所记载和传承的民族自古以来的健康理念、生活观念和幸福信念，简明扼要地向大家做一介绍，不仅是供大家参考，而且想以此为旗帜，对大家的生活有所引领，对大家的健康有所指导，对大家的幸福有所充盈。关于这个问题，在2007年上海文化出版社出版的《养心札记》中，我已经做了比较细致的介绍，只是因用晚清的格调撰写，一般读友看了会觉得有些佶屈聱牙，不大容易理解。这也是我的一大遗憾。当初这样撰写，一方面是想体验国人自古以来所重视的雅致文趣，另一方面也想借机针砭时弊，棒喝海上杏园的野狗、鸱枭和大猫。

　　如今的海上杏园，由于大猫不小心吃了地沟油而被毒死了，野狗和鸱枭也树倒猢狲散地钻窜到乱坟岗里去了。从此以后，我再也不必为野狗的暴叫和鸱枭的阴嚎而纠结了，再也不用借古文的宝剑来利刃邪恶之徒了。所以，现在我完全可以用通俗的，甚至庸俗的文字，将《黄帝内经》关于健康人生的基本理法方要介绍给读友，光大给国人。"救人一命胜造七级浮屠"，佛家的这一誓言，大约也是我想畅谈民族养生观、健康观和人生观的基本心理吧。

《黄帝内经》由《素问》和《灵枢》这两部典籍构成,每部有九九八十一章,是国学典籍中最大的一部。《素问》的第一章"上古天真论",记载的是上古时代国人的健康观、人生观和幸福观。第二章"四气调神大论",记录的是上古时代国人四季的养生观和保健法。《黄帝内经》通过黄帝的问询和大臣们的解答,对上古之人的这些观念、信念和理念进行了简明扼要的陈述,客观实际地揭示了人生的意义和生命的真谛,对于我们今天的生活依然有非常重要的现实意义。

毛泽东说:"古为今用,洋为中用。"这,也是我想向大家介绍《黄帝内经》养生之道的出发点和立足点,也是我一直秉持的为学之道。

健康的养生法

《黄帝内经·素问·上古天真论》开篇说：

>昔在黄帝，生而神灵，弱而能言，幼而徇齐，长而敦敏，成而登天。

意思是说，黄帝生来天资聪慧，幼小时就能言善辩，年少时思维敏捷，举止得体，长大后敦厚勤奋，及至成年，便登上了天子之位。

黄帝做了天子之后，不但倾心倾力地发展国家和民族的事业，而且也非常关心、关注民众的生活和健康。朝会之后，他总是和大臣们讨论如何引领百姓健康生活、健康长寿的问题，并因此而构建了中国医药学的理论体系和实践方要。

黄帝有一位重要的大臣叫岐伯，大致相当于现在所谓的首相吧。岐伯同时也是黄帝的医学顾问，更是中国医学体系的主要构建人，因而被尊为天师。朝会之后，黄帝问岐伯：

>余闻上古之人，春秋皆度百岁，而动作不衰；今时之人，年半百而动作皆衰者，时世异耶？人将失之耶？

意思是说，我听说上古时代的人都能活到一百多岁，但举止却一点也不显得衰老，但现在的人才到了 50 岁，就显得老态龙钟。这到底是时代不同而造成的呢，还是现在的人不会养生而导致的呢？

岐伯回答说：

>上古之人，其知道者，法于阴阳，和于术数，食饮有节，起居有常，不妄作劳，故能形与神俱，而尽终其天年，度百岁乃去。

意思是说,上古时的人都懂得养生之道。他们遵循阴阳的变化规律,懂得养生的方法,饮食有节制,起居有规律,不过分劳累。所以他们能形神俱旺,颐养天年,长命百岁。

在回答黄帝的提问时,岐伯对上古之人的养生观和健康观做了简洁明了的总结和分析。同时提出了六大养生观和三大健康观。所谓的六大养生观,即"知道"、"法于阴阳"、"和于术数"、"食饮有节"、"起居有常"、"不妄作劳"。所谓的三大健康观,即"形与神俱"、"尽终其年"、"度百岁乃去"。

所谓的"知道",绝不是我们现在天天挂在口头上的所谓"知道"。现在所谓的"知道",就是"我懂得"、"我明白"的意思。而古代所谓的"知道",则是指懂得自然的规律,懂得天道、地道和人道。而岐伯所说的"知道"之"道",则是指养生保健之道、健康生活之道。所以,所谓的"其知道者",就是说"懂得养生保健法则和道理的人"。这样的人,就是古代的圣贤。

所谓"法于阴阳",就是遵循自然的规律,冬天要穿厚实一些,春天要穿轻盈一些,夏天要穿清凉一些,秋天要穿轻薄一些。而不像现在的人一样,只重风度不重温度。尤其是现在的青年女子们,往往将夏天的服饰一直维持到隆冬。在冰天雪地里,不但穿着清凉的夏装,而且还将肢体大肆暴露在外,挑战严寒,挑战自然,挑战的结果呢,便是病痛缠身的中年,呜呼哀哉的晚年。

所谓的"和于术数",就是懂得养生方法的意思。养生的方法,首先要天人相应,遵循自然的规律。其次要保持良好的心态、温馨的心里、自然的心境。而不要将自己的心里当成龌龊的垃圾桶,将杂七杂八的酸臭之味,将乌七八糟的奸邪之妄,将七上八下的纠结之事,持续不断地往自己的心口里填,往自己的心底里埋,往自己的心尖上戳。心若毁了,神也就消了,气自然也就没了。所谓的"行尸走肉",说的就是这样的结果。

所谓的"食饮有节",就是饮食要有规律,不能胡作非为,违反自然法则和生理规律。对于这个问题,实际上民间还一直流传着来自上古的观念，即"早吃好，中吃饱，晚吃少"。这个流传于民间的说法，其实就是对"饮食有节"通俗易懂的注解。"要想身体安，三分饥与寒"，就是古人关于"饮食有节"的具体阐释。所谓的"三分饥与寒"，就是吃饭七分饱，穿衣近自然的意思。

"饮食有节"的"节"，含有两层意思。"节"的第一层意思是吃饭要有规律，"早中晚"就是最基本的时间基点，该用餐的时间一定要用，而不要随意拖延。不能早上不吃，中午却大吃大喝，甚至因为白天忙而早餐和中餐都怎么不用，但晚餐却暴饮暴食，一醉方休。这样的无规律的饮食行为，对身体、对养生都是非常无益的。"节"的第二层意思是饮食要有节制，不能因为盘中的菜或碗中的餐非常可口诱人，便狠吃、猛吃。现在流行的所谓"不吃白不吃"，大致说的就是这样的意思。遇到不用掏钱的美餐，不多吃确实是有些可惜了，但多吃了伤身伤神，甚至危及生命，则更为可惜。媒体经常报道的暴饮暴食而致命的事故，就是对"饮食有节"的反面印证。

所谓的"起居有常"，就是日常生活要有规律，不能像老鼠一样，早晚乱窜。当然，老鼠的乱窜是遵循其独有的"天鼠相应"规律的，因而也是健康自然的。作为高级动物的人类，我们也有自己独有的与天相应的规律。比如，东方发白，即可起床，若到日上三竿还卧床不起，就要"久卧伤气"了；夜深人静，就该入睡了，若子时已过还不休息，就要阴气伤身了。关于这个问题，我将在四季养生部分结合《黄帝内经》的精神详加介绍。

所谓"不妄作劳"，就是做任何事都要从实际出发，要根据自己的身体状况，依据自己的体力和精力来安排，不要意气用事。人是要劳作的，劳作不但是为自己的生存谋取必要的资源和条件，而且也是对自己身体的常规锻炼和磨炼，但不能为了谋取更大的利益，不能为了显示自己的能力而随意挑战自我。以前提倡的所谓"轻伤不下火线"，如果是在战争的特殊时期，是完全必要的，也是必须坚持的。但在和平的年代，若继续倡导这样的观念，确实非常有害民众的健康，因此是不应该再加鼓励的。

如果树立了这六大观念,并且能切切实实地将其付诸实施,那么,就很自然地践行了"形与神俱"、"尽终其年"、"度百岁乃去"这三大健康观。

所谓"形与神俱",就是说形体和精神要保持和谐统一,只有这样人才有充沛的精力和旺盛的精神。"形与神俱,不可分离",这就是中医一直以来强调的养生观念。以前,双重人格即被视为精神分裂,是不健康的人生。但现在呢,由于时代的变迁和社会的变化,尤其是人们价值观和人生观的变异,使得越来越多的人具有了双重人格,甚至使得多之又多的人具有了多重人格。我们这个时代之所以表现得如此的诡异,就是人格分裂,甚至爆裂的结果。

所谓"尽终其年",就是指颐养天年的意思。所谓的"天年",就是人的自然寿命。在半个多世纪之前,颐养天年本来是人人皆知、个个皆明的普世道理。但现在,能记得颐养天年这个成语的人,还是大有人在,但能理解这个概念所阐发的道理并且能将其加以实践的人,却越来越微乎其微了。原因呢,则主要在于时代的非自然化,社会的非人文化,政治的非民族化,管理的非人性化。

所谓的"度百岁乃去",就是长命百岁的意思。从《黄帝内经》的记载来看,在上古时期,颐养天年是自然而然的现实,是普天下人人皆明、个个皆行的常理。"天年"既然能得以"颐养",长命百岁当然是自然而然的结果。当然,任何一个时代,由于自然和社会的原因,"天年"都是有所不同的。所谓的"百岁",就是指长寿而已,并不一定就是指一百岁。像在春秋战国时代,孔子享年七十三,孟子享年八十四,就已经是令人仰慕的颐养天年的结果,亦可谓"度百岁乃去"。

预警的生活观

给黄帝介绍了上古之人的养生之道、生活观念和健康保障之后,岐伯进一步分析了当时之人的生活陋习对其健康和寿命的影响,回答了黄帝对"今时之人,年半百而动作皆衰"的困惑。岐伯说:

> 今时之人不然也,以酒为浆,以妄为常,醉以入房,以欲竭其精,以耗散其真,不知持满,不时御神,务快其心,逆于生乐,起居无节,故半百而衰也。

意思是说,现在的人就不是这样了。他们以酒当水,滥饮无度,好逸恶劳,几成习惯,醉酒行房,竭尽阴精,耗散真气。他们不知保持精气充满,不懂调理精神,只一味追求一时之快,悖逆人生之乐,起居失常,所以到了五十多岁就衰老了。

岐伯将上古之人的生活方式与当时之人的生活陋习加以比较,总结了当时之人生活中的八大陋习,即"以酒为浆"、"以妄为常"、"醉以入房"、"不知持满"、"不时御神"、"务快其心"、"逆于生乐"、"起居无节"。这些陋习虽然是岐伯时代的人所秉持的,但在今天这个先进的时代里,我们已经将岐伯视为陋习的这样一些生活方式和理念,发扬光大得可谓前无古人、后无来者了。

今天的国人,由于享受了科技的日新月异的发展,寿命已经大大地增加了,但身心呢,却分崩离析了。身体虽然壮实了,寿命虽然延年了,但心神呢,却虚化了,精气呢,却虚无了,人生呢,却异化了。仔细看看,认真想想,黄帝和岐伯的分析似乎是超越时代的,从五千年前的中古时期一下子穿越到了 21 世纪的今天。

看看"以酒为浆"吧,与我们眼前的现实,可谓完全同一。虽然目前政府在拼命地禁止官场公开地大摆筵席,但实际上呢,该喝酒的还在拼死地喝酒,该沉醉的依然在拼命地沉醉。在很多人的眼里"酒"就是"水"。所谓的"酒水",就是对这一观念的生动阐释。"以酒为浆"的"浆",就是水的意思。"以酒为浆"不仅危害个人的健康,而且还危害国家的安全和发展。最近国家整治军队腐败,就涉及"以酒为浆"而危害国家安全的问题。

据《战国策·魏策二》记载,禹帝时代一位名叫仪狄的酒仙,此人可能就是酒的发明者。她酿造出来的酒非常甘美,并特意进献给禹帝。禹帝饮用后感到非常甘爽,极为兴奋,但兴奋之余,禹帝也意识到美酒可能给个人和国家造成的危害。禹帝说,"后世必有以酒亡其国者",意即后世一定会有人因沉迷于美酒而亡国的。于是"遂疏仪狄而绝酒",即远离仪狄,并且发布了禁酒令。后来的历史证明,禹帝的预见是完全正确的,夏商两朝的末代君王都是因为喜好饮酒而招致杀身之祸,并因此导致了国家的灭亡。

再看看"以妄为常"吧,与我们这个时代的先进理念和先进作风,可谓一脉相承。所谓"以妄为常",就是将错误的当成正确的,将偏狭的当成正常的,将奸邪的当成正当的。看看现在的饮食吧,虽然琳琅满目,虽然香色味全,虽然雅致美观,但其原料的来源呢?其所含成分的实际,其所加工的流程,恐怕连鬼都不知道。

就像转基因食品一样,其潜在的危害人人都是心知肚明的,尤其是所谓的大学者和大官员。但现实呢,却是令人非常难以理解的。这当然是从社会、文化和管理层面而言的。就民众自身,也有很多误区。比如说"清淡"二字,人人都是懂得的,但在现实生活中,又有多少人能将其视为"常"呢?

"醉以入房",很多人可能都懵懵懂懂地知道一点,却不是太深入。酒后入房有两层含义,表层上看,就是酒后即入睡,有害身体健康,因为酒气还没有发散,还需要喝一些茶水,活动活动身体,聊聊闲话来宣散宣散。酒气宣散后再入睡,则可以保持人体正常生理功能的发挥。

从深层来看,所谓的酒后入房,则是指酒后与自己的配偶过性生活。酒后性生活的危害对男女双方都是显而易见的。岐伯所说的"以欲竭其精，以耗散其真"，讲的就是酒后入房的危害。但这还不是最重要的，最重要的则是对胎儿的危害。如果女子是在酒后怀孕的，则胎儿的身心就会大受影响。陶渊明几乎天天都饮酒，而且每饮必欲醉。所以，陶渊明虽然才华横溢，但自己养育的子女们却是一窝白痴。这与陶渊明的"醉以入房"自然有着直接的关系。

所谓的"不知持满"，是指不知保持精气的充盈。所谓保持精气的充盈，不仅仅要保持旺盛的体力，更重要的是要保持精力和气力，也就是要保持好人体的三宝"精气神"。"精气神"和人的体力自然是有关系的，但更多的则是与人的精神、意志和心态息息相关。一个人若有充盈的"精气神"，即便体力虚弱，甚至身体残疾，也是能实现自己人生的基本目标的，也是能完好地度过自己的天年的。

所谓"不时御神"，是指不懂调理精神。这一点正是现代人的最大缺陷。遇到问题，首先想到的便是指责别人，推诿别人，甚至伤害别人。有些人因无力攻击他人，或因不愿伤害别人而纠结不已、痛苦不已，甚至都想自绝人世。这样的现象和现状，在现实生活中，可谓比比皆是。在岐伯看来，这些人之所以如此自我摧残，原因就在于其不懂得及时自然地、客观地调整自己的精神状态，不懂得遇到问题时如何从实际出发去应对。即便推诿了别人，伤害了别人，自己的精神状态也会因此而大受影响。民间所说的"不做亏心事，不怕鬼敲门"、"心中没冷病，不怕吃西瓜"，讲的就是这个道理。

所谓"务快其心"，是指一味地追求一时之快，而忽略了人生的其他义务和责任。这样的情况，在我们的这个时代，人人可为心感神受。因一时的激动而出口伤人，因一时的爽快而夸下海口，因一时的高兴而忘却天责。这样的情况可谓无处不有。这不仅影响了个人身心的健康，而且也影响了社会正常秩序的维护和国家正常发展的保障。像我们现在天天面对的雾霾，就与改革开放30多年来为官者重政绩而轻民生、重经济的GDP而轻民族的精气神密切相关。

所谓的"逆于生乐"，就是悖逆人生之乐。在很多人的眼里，人生就是受苦受难的。所谓"苦难的人生",描述的就是这样的观念。这样的观念,表面上看,似乎还是颇为客观实际的。但换个角度来看,尤其从快乐的人生这一角度来看,"苦难的人生"这一观念显然是偏狭之见。孔子时代有一位名叫荣启期的快乐人士,他对快乐人生的认识就非常客观实际,非常值得今人借鉴。

孔子问荣氏为什么生活得那么快乐。荣氏回答说,天生万物,而人为之贵,我已有幸为人,实为不易,此为我人生的第一大乐;人以男子为贵,我已有幸生为男身,此为我人生的第二大乐;人生苦短,中道夭折者比比皆是,而我如今已九十有五,可谓颐享天年,此为我人生的第三大乐。对人生,荣氏真可谓大彻大悟。如果我们有荣氏的这一理念和观念,怎么可能不享受人生呢?

所谓的"起居无节",就是说起居失常,没有规律,随意妄为。这个道理,大家应该人人都懂,个个都明的。这个现实,大家都是有目共睹的,都是有感有受的,无须再加赘言。但需要强调的是,如果大家想养生,想长寿,想幸福,就要将"起居无节"这个生活的偏误视为警钟,牢牢地挂在自己的心头,时时自我敲打敲打,提醒提醒自己,莫要因生活的"无节"而导致人生的"无望"。

美好的人生观

所谓的人生观，听起来似乎非常虚无，甚至极其忽悠，尤其在现在这个似是而非、似非而是的时代里。但在中国的历史上，在民族的传统上，所谓的人生观，却是非常具体实际的，就像边防军守卫边疆一样，脚踩的是国土，手握的是武器，面对的是异类，心记的是使命，一点也不含糊。

在《黄帝内经·素问·上古天真论》中，岐伯告诉黄帝：

> 夫上古圣人之教下也，皆谓之虚邪贼风，避之有时，恬惔虚无，真气从之，精神内守，病安从来？

意思是说，上古时期的圣人教导民众的时候，总是强调要适时避开四时的不正之气，以免遭受恶劣天气的伤害。同时，思想上要清静安闲，消除杂念，使人体的真气循行条畅。此外，精神上还要守持于内，以便益养自己的心神。如果做到了，疾病怎么可能发生呢？

岐伯总结了上古圣贤引导百姓健康生活的三大原则。第一个原则就是在一年四季的生活和劳作中，要注意气候的变化。所谓"虚邪贼风"，就是指一年四季中不正常的气候变化，如春天的倒春寒，秋天的火老虎，夏天的阴湿潮气，冬天的回暖现象。这些都是"虚邪贼风"，只要能及时加以回避，或谨慎地调整好自己的住宅、穿衣和餐饮，就会免受其害。所谓的"避之有时"，就是指及时回避的意思。

第二个原则是"恬惔虚无"。所谓的"恬惔虚无"，是指人生的四大观念、四大姿态。所谓的"恬"，是指始终保持一种愉悦的心情，不要因为鸡毛蒜皮的小事情而郁闷不已。只有愉悦的心境，才能保障健康的人生。这一点虽然很难做到，但也是人人都心知肚明的。所以做思想工作的人，劝慰他人的人，都不约而同地将其作为自己的杀手铜呢。

所谓的"恬",是指平和宁静的心态。凡事只要能看开,这个世界上就没有解决不了的问题,更没有让人死结终生的问题。有些问题确实很难解决,就像人一样,虽然长了两只胳膊两只手,却没能像鸟儿一样翱翔蓝天。如果有这样的理想,却实现不了,那该怎么办呢?庄子《逍遥游》中谈到的"鲲鹏",就是解决这一问题最为理想的方法。既然自己长不了翅膀,翱翔不了蓝天,那就放飞自己的心吧,就让自己的心冲破自己精心安置的种种篱笆,不仅翱翔蓝天,而且还可飞出天外呢。所谓的"鲲鹏",其实就是庄子自己放飞的心扉。如果能以庄子为榜样,还有什么事情"淡"不下来呢?还有什么问题"安"不下去呢?

所谓的"虚",按现在的思维和眼界来看,似乎应该是谦虚的意思,这样的发挥当然也是颇有意义的,但在中国传统文化和传统观念中,"虚"首先是指自己心胸的豁达。所谓的"胸怀若谷",说的就是这个意思。如果自己的心里层层叠叠地堆满了各种各样无法消解的想法,密密麻麻地布满了各颜各色不可告人的秘密,其胸怀如何能宽大如山谷呢?如何能像大海一样容纳百川呢?

所谓的"无",就是万事看开,一切随缘,一切自然,没有任何纠结和困窘。如果一个人能保持"无"这样一种心境,那么,他的一生就像山谷一样,春天绿树茵茵,夏天花团锦簇,秋天硕果累累,冬天白雪皑皑。一切升降沉浮皆自然耳,没有任何人为的锻造和交接。如果做到了这一点,一生中自然就没有什么想不通的问题,没有什么放不下的心结,没有什么舍不得的物件,没有什么跨不过的门坎。

做到了"恬惔虚无",自然就"真气从之"。所谓的"真气",就是指人体的天真之气,如元气、精气、神气、宗气和中气等,皆为真气的分门别类。所谓的"从之",是指自然顺畅的循行,不会因人情绪的变化而郁结。古人所谓的"通则不痛,痛则不通",讲的就是人体真气的循行与身心健康的关系。如果循行不畅,就会引起各种各样的疼痛。如果循行通畅了,疼痛也就自然而然地消失了。

岐伯总结的上古之人"恬惔虚无"这四种生活的观念和人生的理念,在今人看来似乎有些虚无缥缈,但具体到日常生活中,其实是非常实际的。说到底,还是心态的问题,还是眼界的问题,还是胸襟的问题。如果一个人的心态比较正常,眼界比较宽广,胸襟比较豁达,那么面对日常生活中的种种又种种的所谓问题,他就一定能比较自然地加以应对或加以消解。所谓的"退一步海阔天空",其强调的就是"虚"和"无"的理念。所谓的"得而不喜,失而不忧",暗喻的就是"恬"和"惔"的观念。

理想的生活观

对于违反自然规律和人文精神的生活方式，岐伯做了预警式的揭示，告诫人们要远而避之，以便能颐养天年，赢得健康的人生。那么什么样的生活观念才是比较理想的呢？才是健康人生必须遵循和践行的呢？对此，岐伯也向黄帝做了深入浅出的总结与分析。

岐伯说：

> 是以志闲而少欲，心安而不惧，形劳而不倦，气从以顺，各从其欲，皆得所愿。

意思是说，要想享受健康的人生，就必须像上古之人那样，精神安闲，少有欲望，心境平和，没有焦虑。他们虽然劳作，但从不过度疲劳，真气因而调顺，各自的愿望也都因此能得以满足。

岐伯将上古之人健康的生活观总结为三，即"志闲而少欲"、"心安而不惧"、"形劳而不倦"。

所谓"志闲而少欲"，是指保持安闲而清宁的心境，剔除各种各样的俗尘愿望和要求。所谓的"黄老思想"，强调的就是这样的生活观和人生观。在现实生活中，一个人只要有一定的"志闲而少欲"的意识和观念，自然就能体会到人生的快乐。相反，如果一个人"志不闲"、"欲不少"，那么，他的人生自然是辛苦不已、奔波不休的。这样的人怎么可能感受到人生的快乐呢！

所谓的"心安而不惧"，是指心境的平和坦荡，没有任何忧虑和不安。能做到这一点，不但能享受人生的快乐，而且还能享受身心的健康，从而实现颐养天年的人生终极目标。这一点，即便是俗尘之人，虽然难得有所体验，但也应该是深有感受的。这样的人历朝历代并不罕见。就是在我们这个变幻莫测、化常为异的时代里，这样的人虽然很少，但还是可以见得到的。在每一个单位里，这样的人，其实都是有的，只是总被大家视为无为者而已。

所谓"形劳而不倦"，是指要劳作，却绝不能疲劳了还不休息，继续拼死拼活地干。已经疲劳不已了还在拼死拼活地干，如此这样劳作的人可能有三类。一是为了生存不得已而为之。古代的奴隶们，抗战时期被日本鬼子抓去的劳工们，现在某些被非法监管起来的人们，就是这样。二是为了讨好上司或夺人眼球。这样的人，从古到今大有人在。三是为了国家和民族的利益而不可不为之。战争时期轻伤不下火线的英雄们就是这样。但对于一般人而言，尤其是从养生的角度来看，劳作是养生保健所必要的，但绝不能疲劳过度，更不能轻伤不下火线，以免影响和损害自己的健康。

《黄帝内经》上说的"久行伤筋"、"久站伤骨"、"久视伤血"、"久坐伤肉"、"久卧伤气"，就是警告人们，要"形劳而不倦"，不能"形劳而倦"，更不能"形劳而神倦"。走路走的时间太长了，自然就会损伤筋骨。同样，站立的时间太久了，自然就会损伤骨头。看东西看得时间太长了，自然就会损伤眼睛，从而伤及肝脏和血液，因为眼睛和肝脏是密切关联的，而肝脏又是人体的血库。坐的时间太长，就会损伤肌肉最为丰满的臀部，进而影响到人体其他部位的肌肤。夜晚入睡，困顿休息，是必须的，但如果长时间卧床不起，就会损伤自己的中气和宗气，进而影响到全身的真气。

有了这三大生活观，健康的生活就有了保障。对此，岐伯做了更为细致的说明。岐伯说：

> 故美其食，任其服，乐其俗，高下不相慕，其民故曰朴。是以嗜欲不能劳其目，淫邪不能惑其心，愚智贤不肖不惧于物，故合于道。所以能年皆度百岁，而动作不衰者，以其德全不危也。

岐伯的意思是说，因为遵守了这三大生活观，所以上古之人无论吃什么都觉得甘美，无论穿什么都感到舒服。对自己的风俗习惯，他们很喜欢。他们从不在乎彼此之间地位的高低,所以生活得朴实而自然。正因为如此,不当的嗜好和欲望就不会扰乱他们的视听,淫乱奸邪之举就不能惑乱他们的心境。无论是愚笨的、聪明的、有才能的或无才能的,都不会因"外面的世界很精彩"而乱动其心,所以他们的生活作风都非常符合养生之道。他们之所以都活到百岁还没有任何衰老的迹象,就是因为他们的养生之道完美无瑕啊!

岐伯总结的上古之人的养生之道,当然含有很多的理想和期望在里面。这样的理想和期望,也是从古到今国人一直期盼的。其中谈到的"美其食,任其服,乐其俗"这三点,在今天的中国,更显得至关重要。

所谓"美其食",就是说无论吃什么,都要有一种甘美的意识,而不要总是挑挑拣拣。遇到好吃的,就暴饮暴食,遇到不好吃的,就难以下咽。这就是我们这个时代普遍存在的一种饮食观。从所谓的科学的角度来讲,饮食也要粗杂一些,不能有太过的偏好。"美其食"应该是比较正确的做法。

所谓"任其服",就是无论穿什么衣服,只要穿在自己的身上,只要是自己所拥有的,只要是自己民族的传统服装,那就是最好的、最为欣赏的。而不要总是将目光射在别人的身上,总将别人的服饰作为自己选择的标杆。在已西化了今天,国人对服饰最为偏好的便是西方的款式和面料。无论在民间还是在官场,西装革履始终是国人的追求,更是官方的标准。与古人所谓"任其服"相比,今天的国人早已变幻成了天外来客。看看我们的邻居日本、韩国、印度,虽然人家也穿西装,但人家的民族服装却始终像民国时期我国的长袍马褂一样,从来都是完整传承的。

所谓"乐其俗",就是要喜爱自己的民族风俗节日。这一点,今天我们已经没有颜面再面对了。经过半个多世纪的努力,传承了千秋万代的中华民族的风俗和节日,今天绝大部分已经被洋鬼子的风俗和节日所取代。虽然国人还热热闹闹地过春节、清明、中秋这样一些传统的节日,但大家更多关注的恐怕还是"假日",而不是"节日"。

而像所谓的"圣诞节"、"感恩节"、"万圣节"、"愚人节"、"情人节"这样一些洋鬼子的节日，国人倒是在认真地过，从而将自己的民族身份、民族意识和民族情感摧毁得石破天惊。

　　这样的感慨听起来似乎与养生毫无关系，事实上却与养生有着剪不断理还乱的千丝万缕的联系。究竟是什么联系？只要养好了心，自然就明白了。只要心养好了，身自然也就好养了，生当然也就有保障了。

男女成长历程

孩子的成长,年轻人的成长,始终都是做父母的、做爷爷奶奶的一直全心全意关注的问题。这个问题也是黄帝和大臣们所关心的问题。不过,黄帝和大臣们所关心的则是所有人的成长问题,而不仅仅是和自己有直接关系的家人。

谈到生育问题时,黄帝问岐伯:

　　人年老而无子者,材力尽邪,将天数然也?

意思是说,人老了就不能生育子女了,是因为是精力衰竭了呢,还是因为自然规律所限呢?

为了回答黄帝所提出的这个问题,岐伯从男女的生长发育谈起,既解释了生育的自然规律,又总结了人成长的天然程序。岐伯首先分析了女子成长的"七七律"。他说:

　　女子七岁,肾气盛,齿更发长;二七而天癸至,任脉通,太冲脉盛,月事以时下,故有子;三七,肾气平均,故真牙生而长极;四七,筋骨坚,发长极,身体盛壮;五七,阳明脉衰,面始焦,发始堕;六七,三阳脉衰于上,面皆焦,发始白;七七,任脉虚,太冲脉衰少,天癸竭,地道不通,故形坏而无子也。

岐伯的意思是说,女子7岁,肾气开始旺盛了,牙齿就开始更换了,毛发就长长了。到了14岁,月经就产生了,任脉就通畅了,冲脉就旺盛了,月经就按月来潮,所以就具有了生育的能力。到了21岁,肾气就充盈了,真牙就长出来了,牙齿因此就全部长齐了。到了28岁,筋骨就更加强健了,头发长得最为旺盛了,身体也最为强壮了。到了35岁,与胃有关的阳明经脉就开始衰弱了,面部就开始憔悴了,头发就开始脱落了。到了 42 岁,汇聚于头部的三条阳经之脉就开始衰弱了,面部就完全憔悴了,头发就开始变白了。到了 49 岁,任脉就虚弱了,太冲脉就衰微了,月经就断绝了,身体就开始衰老了,生育能力也就从此失去了。

岐伯认为,女子的发育成长是从 7 岁开始的,到 49 岁结束。这个总结和分析虽然是数千年前做出来的,但从今天所谓的科学角度来看,依然是非常客观实际的。这说明,古人是非常重视实际观察和综合分析的,因此其结论也是合乎自然规律的。

岐伯接着谈到了男子发育成长的"八八律"。他说:

> 丈夫八岁,肾气实,发长齿更;二八,肾气盛,天癸至,精气溢泻,阴阳和,故能有子;三八,肾气平均,筋骨劲强,故真牙生而长极;四八,筋骨隆盛,肌肉满壮;五八,肾气衰,发堕齿槁;六八,阳气衰竭于上,面焦,发鬓颁白;七八,肝气衰,筋不能动,天癸竭,精少,肾藏衰,形体皆极;八八,则齿发去。肾者主水,受五藏六府之精而藏之,故五藏盛,乃能泻。今五藏皆衰,筋骨解堕,天癸尽矣。故发鬓白,身体重,行步不正,而无子耳。

岐伯的意思是说,男子到了 8 岁,肾气就充实了,头发就开始茂盛了,牙齿就开始更换了。到了 16 岁,肾气就充盛了,性功能就成熟了,精气就充盈了,只要男女之间交合,就能生儿育女了。到了 24 岁,肾气充盛,筋骨坚强,所以真牙就长出来了,牙齿就长齐全了。到了 32 岁,筋骨最为健壮,肌肉最为丰满。到了 40 岁,肾气开始衰退了,头发开始脱落了,牙齿开始变得枯槁了。到了 48 岁,上部的阳气开始衰竭了,面色变得憔悴了,头发和两鬓开始变白了。到了 56 岁,肝气开始衰弱,筋骨的活动就不够灵活,性功能衰退,精气衰少,肾气也不足,身体便虚弱了。到了 64 岁,牙齿头发就开始脱落。肾脏主水,接受五脏六腑之精气并加以贮藏。所以只有五脏功能旺盛,肾脏才能外泻精气。现在由于五脏功能都已衰退,筋骨也已懈惰无力,所以性功能也就衰竭了。男子到了这个年龄，头发和胡须都变白了，身体显得虚弱而沉重，走路步伐也不稳了，因此就不能生育子女了。

岐伯认为，男子的发育成长是从8岁开始的，到64岁终止。岐伯对男子生长发育规律的分析和总结，与他对女子的分析和总结一样，非常客观实际。更为重要的是，岐伯的分析和总结为我们提供了人类文明发展的基本规律和依据。根据史学家们的研究，人类文明的开端是从母系开始的。这是为什么呢？原因很简单，因为女性的发育比男性要早一年。因此女子就比男子成熟得早，懂事得快，明理得深，所以就率先带领人类迈向了文明的大道。因此，对人类文明发展贡献最大的，就是女性。

但母系社会为什么最终被父系社会所取代了呢？原因就在于其生长周期的长短。女子的生长发育虽然比男子早1年，却短了16年。按照岐伯的分析和总结，女子从7岁开始发育成长，到49岁结束。男子则从8岁开始发育成长，到64岁结束。到了成年的时期，一年的差异就会产生极大的变化，更不要说8年、10年，甚至16年。由于到了成年期，男子的发育成长周期比女子长了16年，所以，就自然而然地主导了人类的发展和社会的变迁。

从生理学的角度来看，正是由于女性的发育生长周期短，到了49岁的时候，就不必再花费太多的精力和时间去创新、去创业。而男人则不同，女子发育生长终止的时间，男子的精力和气力虽然也开始下降，但整体的发育成长还在进行，事业的发展也最为旺盛，付出的心血和努力也就更加巨大。这也许就是女子的寿命长于男子的主要原因吧。

从社会学的角度来看，既然女子的生长发育在49岁就终止了，其创新发展的可能性也就不再持续。在现代社会中，一般女性的退休年龄在55岁。对此，很多女性还很不满意呢。从所谓科学的角度来看，女子的退休年龄大约应该提前到49岁才比较合理。而男子的退休年龄则应该推迟到64岁，这样才比较合乎自然规律。但在现代社会里，如果一个男子的所谓职称仅仅达到中级的程度，则55岁就必须退休了。从岐伯的分析和总结来看，这样的规章制度似乎一点科学性也没有。

非常生育力

听了岐伯关于男女生长与生育规律的分析和总结之后,黄帝觉得非常合乎情理。但黄帝又感到,岐伯的分析和总结只是一般性的,例外的情况也是经常会出现的。比如,按照一般的常理,女子49岁之后,男子64岁之后,都不能再生育了。但实际情况是,有些女子和男子到了70、80还能生儿育女呢。这又该如何解释呢?

所以,黄帝问岐伯:

有其年已老而有子者,何也?

意思是说,有的人虽然上了年纪却仍然能生育,这是什么道理呢? 由此可见,黄帝虽然贵为天子,却非常重视调查研究,重视观察分析。所以,对自然世界的现象,对人类社会的现实,黄帝了解得非常清楚。

听了黄帝的询问,岐伯回答说:

此其天寿过度,气脉常通,而肾气有余也。此虽有子,男不过尽八八,女不过尽七七,而天地之精气皆竭矣。

意思是说,这是因为这些人的先天禀赋超过一般人,其气血经脉能够经常始终保持通畅,所以其肾气比一般人要充盈得多。这种人虽然具有比较强壮的生育能力,但男子一般到了64岁,女子一般到了49岁,其精气便枯竭了,生育能力也就此失去了。

岐伯的回答还是常态性的,还没有完全点出异乎寻常的情况。在其常态性的分析与总结中,岐伯提到了肾脏对生育功能的主导作用。这是国医的观念。在西医看来,肾脏是人体的重要排泄器官,其主要功能是过滤形成尿并排出代谢废物,调节体内的电解质和酸碱平衡,与生殖是没有什么关系的。但在国医看来,肾为人体的先天之本,主藏精,主骨生髓,主生长、发育、生殖和水液代谢,与生殖是密切相关的。但无论从国医的角度还是从西医的角度来看,维护好肾脏的正常功能,保持好肾脏的旺盛精气,对人体的养生保健都是至关重要的。

从国医的理论来看,肾所藏的精包括"先天之精"和"后天之精"两个部分。所谓的"先天之精",是指禀受于父母的生殖之精。所以,"先天之精"与生俱来,是构成胚胎发育的原始物质。所以,父母的健康状况对子女有着直接的影响。从这个角度来讲,人人都应该好好地保养自己的身体,维护自己的健康,增强自己的体能。这样做不仅仅是为了自身的健康,而且也是为了自己子子孙孙的健康。所谓的"功在当代,利在千秋",也可以用来概况自我养生保健的现实意义和历史意义。

所谓的"后天之精",是指人出生之后,从饮食物中摄取的精华,即中医所说的"水谷精微"。所谓"水谷精微",是指饮食物通过脾胃的运化功能而生成的水谷精气。所以,注意食用具有营养价值的、对养生保健有重要意义的食物,不仅能强壮我们的身体,而且还能充盈我们的"后天之精",并进而增强了肾脏的功能。如果肾脏的功能得以加强,肾脏所藏的精得以充盈,不仅使我们的健康得到保障,而且也为我们子孙后代的繁荣昌盛奠定了生理学的基础。所以,国人自古以来就非常重视养肾、保肾、强肾。

听了岐伯比较常规的分析和总结,黄帝问道:

夫道者年皆百数,能有子乎?

意思是说,那些掌握了养生之道的人,到了一百岁还能生育吗?黄帝的这个问题非常具有启发和启迪意义。岐伯、雷公、鬼臾区这些黄帝的大臣们,之所以能对人体的生理病理以及保健治疗做出如此精深的分析与总结,从而构建了传承千秋万代而不绝的国医体系,很重要的原因就是黄帝不断的启发和引导。如果没有黄帝具有启发意义的询问和质疑,就是岐伯这样的国师,大约也只能维持常态的思维观念,哪能有所谓的创新意识和能力呢?

对于黄帝进一步的询问,岐伯回答说:

> 夫道者,能却老而全形,身年虽寿,能生子也。

意思是说,掌握了养生之道的人,能预防衰老,能保全身体的健康。这样,虽然年寿已高,但仍有生育能力。

岐伯的回答,虽然非常简洁,却一针见血。掌握了养生之道的人,自然就能把握好养生之法,顺应好自然规律,从而有效地纯化其心,升华其神,充盈其精,保全其身。一个人如果达到了这样的境界,就能自然而然地突破人生的一般常规,虽然年寿已高,但依然精神矍铄,精力充沛,活力旺盛。因而,即便寿已百岁,但仍有生育能力。

圣贤养生法

听了岐伯关于养生保健的分析和总结,黄帝深有感触。放眼现实世界的芸芸众生,回顾上古时期掌握养生之道的圣贤们,黄帝非常感慨。他对自己的大臣们畅谈了上古时期人文精神对养生保健的意义,特别是不同层次、不同意境中的养生之圣们,对人生意义的体验,对养生保健的感验,对天人感应和天人合一这一观念的感悟。

通过对上古圣贤们养生之道的总结,黄帝向国人展示了华夏民族千万年来所体验和感悟的养生大道。这一养生大道由天道、地道和人道这三道合一而成。所谓的天道,是指上苍的运行规律及其对健康的影响。所谓的地道,是指大地的变化规律及其对生活的影响。所谓的人道,是指人文化、人性化的生活方式对人生的影响。

黄帝说:

> 余闻上古有真人者,提挈天地,把握阴阳,呼吸精气,独立守神,肌肉若一,故能寿敝天地,无有终时,此其道生。

意思是说,我听说上古时代有一类被称为真人的人。他们掌握了自然规律,所以能把握自然界的运动变化,能呼吸自然界的清纯精气,从而使自己的精神守持于内,使自己的肌肉与身体能有机地协调。所以他们可以与天地一样永生,其生命永远没有终结的时候。这就是他们修道养生的结果。

黄帝所说的真人,就是我们平时所说的超凡脱俗之人。他们懂得自然的法则,践行天人相应的精神,顺应四季变化的规律,始终保持心境的清宁、心态的自然和心胸的豁达,从而使自己的身体与自己的精神保持完满的统一。对于养生的大要,古人总结为"食日月之精华"。这一观念实际上就是对真人养生术的形象概括。只要自己的心态自然了，心境超脱了，心胸豁达了，自然能与天地相应，与日月同辉。所谓的与天地同寿，实际上说的就是将自己与天地融为一体。这就像回答现在大家普遍关心的几个问题一样。比如喝什么好？当然是喝洁净的清水好。吃什么好？当然是吃天然的食物好。所谓的真人，平时的吃喝就是这样，但关键的还是其心态的自然，心境的清宁，心胸的豁达。

黄帝接着说：

> 中古之时，有至人者，淳德全道，和于阴阳，调于四时，去世离俗，积精全神，游行天地之间，视听八达之外，此盖益其寿命而强者也，亦归于真人。

意思是说，中古的时候，有一类被称为至人的人。这种人具有淳厚的道德，能根据阴阳的四季变化来调整自己的生活起居和衣食住行。他们远离尘世，不受世俗的干扰。在清洁、清宁的自然环境里，他们宁心安神，积蓄精气，畅游于天地之间。在日月光华的养育下，他们的眼睛能看到山外之山，他们的耳朵能听到天外之天。这就是他们能养生长生、延年益寿的大法。这种人其实也属于真人。

黄帝所说的上古和中古，是以黄帝所处的那个时代为基点，对此前的民族历史进行的划分，与后来所谓的上古和中古的概念是截然不同的。黄帝所说的至人，是中古时代一种超凡脱俗的人，与真人同类。其生活的方式、理念和目标与真人完全一致。从这个意义上说，真人和至人都是华夏民族中真正掌握养生之道，真正践行养生大法，真正达到自然而然境界的世外高人。所谓的"高山仰止，景行行止"，表达的就是国人对真人和至人超凡脱俗精神的仰慕和推崇。所以，要真正达到养生的目的，超凡脱俗是第一要务。做不到这一点，所谓的养生，也就是对赵氏忽悠学的具体实施而已。

黄帝继续说：

> 其次，有圣人者，处天地之和，从八风之理，适嗜欲于世

俗之间，无恚嗔之心，行不欲离于世，被服章，举不欲观于俗，外不劳形于事，内无思想之患，以恬愉为务，以自得为功，形体不敝，精神不散，亦可以百数。

黄帝的意思是说，还有一类被称为圣人的人。他们能心静气和地生活在正常的自然环境中，能适应自然界一年四季的运动和变化规律。他们努力使自己的嗜欲同世俗社会相应，尽量消除恼怒怨恨的情绪。他们的行为举止符合世俗社会的常规常理。他们穿着普通人喜欢穿的衣服。他们虽然遵循世俗社会的习俗，但其举止却没有任何炫耀自己的目的。对于自己的身体，他们从来不会因为繁忙而自我劳累。对于自己的内心，他们始终保持平静，也从来不会因为任何问题而自我增加负担。在生活中，他们以安静、愉悦为目的，以悠然自得为满足。所以他们的形体不会因为劳累而衰惫，他们的精神不会因为烦恼而耗散。正因为如此，他们都可以活到百岁左右。

黄帝所说的圣人，其实就是俗人中的佼佼者。尽管是佼佼者，但毕竟还没有超凡脱俗，还有着浓郁的俗气，因此也不能完全掌握养生之道，还不能彻底践行养生大法，因而最多也就活到百岁左右。孔子后来被誉为圣人，为国人敬仰了两千多年。按照黄帝的说法，孔子即便真的是圣人，也仅仅是俗人中的佼佼者而已。所谓的"子见南子"，所谓的"唯女子与小人难养也"，所谓的"孔子三月无君，则皇皇如也，出疆必载质"，即充分说明了孔子作为俗人中的佼佼者庸俗的一面。但作为俗尘之人的民众，要学习真人和至人的养生之道，基本上是不可能的，但学学孔子的精神，还是有可能的，由此而延年益寿到百岁，也还是大有可为的。

黄帝最后说：

其次，有贤人者，法则天地，象似日月，辨列星辰，逆从阴阳，分别四时，将从上古合同于道，亦可使益寿而有极时。

黄帝的意思是说，还有一类被称为贤人的人。他们能根据天地的变化规律，日月的升落现象，辨明星辰的排列位置，遵循阴阳的消长规律，适应四时的气候变化，学习上古之人的养生之道。所以他们也能延年益寿，也能颐养天年。

　　黄帝所说的贤人，大致与圣人同类，都属于俗人中的佼佼者，都懂得自然的规律，都能顺应自然的变化，都能努力学习前人的美好思想和生活观念。虽然不能彻底践行，但还能尽量加以吸取，尽可能加以应用。正因为如此，在俗尘之人中，他们就显得鹤立鸡群，独树一帜，成为时代的引领者和众人的仰慕者。也正因为他们能顺应自然，顺应社会，顺应先贤，所以他们在完善自己修养的同时，也能较好地延年益寿，以终天年。孔子享年七十三，孟子享年八十四，即生动地印证了这一点。

四季养生法

春季养生法

养生不仅仅与吃什么、喝什么、玩什么有关,更与一年四季的气候变化及顺应这些变化有着直接的关系。在《黄帝内经·素问·四季调神大论》中,黄帝及其大臣们对四季的气候变化及如何适应这些变化以实现延年益寿的目的,做了深入细致的分析和总结,根据平民百姓的生活习俗和现实基础,提出了非常客观实际的养生之道。所谓的"四季调神",就是根据四季的气候变化,调整自己的生活起居及精神状态,以适应自然的变化。

对于春天的养生之法,"四季调神大论"将其概括为:

> 春三月,此谓发陈,天地俱生,万物以荣。夜卧早起,广步于庭,被发缓形,以使志生,生而勿杀,予而勿夺,赏而勿罚,此春气之应,养生之道也。逆之则伤肝,夏为寒变,奉长者少。

意思是说,春季的三个月是大自然中生命萌发的时节。随着春风的荡漾,万物发芽开花,一片欣欣向荣。此时的人们应该早睡早起。起床之后,要散开头发,解开衣带,走出屋子,在庭院里散步,使形体舒缓,使精神愉悦。同时,还要努力保持万物的勃勃生机,不要随便砍伐树木,不要猎杀动物,要好好地保护自然。

在春天这样一个大地回春的季节里,人人都要保持一种积极向上、乐于助人、乐于助物的精神。要多为自然万物的生长,要多为他人的健康生活提供更多的帮助,而不要拼命地敛财夺物。要多鼓励他人,不要总是指责惩罚他人。要多促进自然万物的生长,而不要处心积虑地从大自然中谋取私利。这是适应春季时令变化的养生之法。不遵循这样的养生方法,不按照这样的要求去规划自己的生活,就会违逆春生之气,不但会破坏自然万物的生长,而且还会损伤自己的肝脏。如果自己的肝脏受到了损伤,那么,适应夏季炎热气候的条件就被破坏了。到了夏季,就不可避免地将遭受寒性病变的困扰。

"四季调神大论"提出的春季养生之道,将养生与保护自然和道德修养结合起来,可谓天道与人道相结合,自然与社会相结合,物质与精神相结合,非常符合现代所谓的科学观念。从起居到散步,从行为到思想,简明扼要地概括了春季应该持有的一种既实际又高雅的养生观念和生活习惯。

根据五行学说,春天属木,是万物生发的季节。在人体的五脏之中,肝也属木。所以,肝脏和春天有着密切的关系,肝气和春气息息相通。在春三月里,肝气一般都比较旺盛,且处于升发状态。在春天里,人的精神之所以饱满,就是因为肝气旺盛的原因。但是,对于旺盛的肝气,还是要注意调顺和保护。根据中医的理论,"怒伤肝",即愤怒的情绪总是与肝脏的功能密切相关的。如果不好好地控制自己的情绪,就会损害肝脏的功能,尤其是在与肝脏密切相关且肝气比较旺盛的春季里。

在春季,如果由于情绪过于激动导致肝气升发太过,或者由于心情过度愤懑而导致肝气郁结,都会损伤肝脏,导致一系列病变的发生。如果肝脏在春天受到了损伤,那么到了夏季,寒性疾病就不可避免地会诱发。所以在春天,一方面要顺应气候的变化,调整自己的饮食起居和生活习惯,以适应季节的发展;另一方面,要调整好自己的精神状态和思想意识,从而实现以天人相应而养生、以助人为乐而养心的目的。孔子所谓的"仁者寿",其实强调的就是这样的养生观念。

春季的特点是多风。春风虽然温馨,但也要尽量避免遭遇风侵。《黄帝内经·素问·四季调神大论》中说的"虚邪贼风,避之有时",

表达的就是这样的意思。在春季,如果由于气候的突变或由于自己身体的不适而遭遇了风侵,则很有可能成为感染诸多疾病的主要因素。春季的流行病也很多,如感冒、白喉、猩红热、麻疹、流脑、水痘、扁桃体炎、肺炎等。避开风侵,就是预防这些流行病和传染性疾病的最好方法。

由于春季和肝脏密切相关,而肝脏又易于遭受不良情绪的影响,所以保持良好的心境、平静的心态和愉悦的心情,也是春季养生保健至关重要的一环。

在春季的生活中,人们还会遇到另外一个颇为尴尬的问题,那就是"春困"。不过"春困"不是疾病,而是一种生理现象,是人体对春季气候变化的一种适应性反应。在冬季的时候,甚至在初春的时候,由于天寒地冻,为了减少体内热量的散发以保持体温的恒定,皮肤里的汗腺会自然地收缩。进入春季之后,气温日益上升,肌肤开始变得疏松,毛孔逐渐变得舒展,血管也自然变得比较松软,使末梢毛细血管的供血量不断增多。在这种情况下,大脑的供氧量和供血量就相应地减少了,从而使中枢神经系统的兴奋性减弱,抑制性则相对增强,影响了大脑正常功能的发挥,诱发了困倦状态的发生。所谓的"春困",就是这样引起来的。

要调理好"春困",就要保持起居有常,饮食有节,运动有量。特别是饮食,如果吃得太饱,就会导致胃的膨胀,也容易使人犯困。工作一忙,一些人就会忽略早餐,这对调理"春困"也是很有影响的。无论时间多么紧张,适量享用早餐还是非常必要的,不然就会导致大脑营养不足,容易使人昏昏欲睡。

此外,还可以采取一些自我刺激的方法调理"春困"。比如,可用芳香的牙膏刷牙漱口,用冷水洗脸,通过触觉刺激以激发神经系统的兴奋度;可走出室外,眺望赏心悦目的花草树木、行云流水,通过视觉刺激以活跃自己的情绪;可吃一些麻辣酸苦的食物或饮用一些浓茶咖啡,通过味觉刺激以解除自己的困意;可用花露水、清凉油、风油精之类的醒脑之品,通过嗅觉刺激振作精神,消除困意;可听听有激情的音乐歌曲、相声小品,通过听觉刺激兴奋自己,驱除困意。此外,还可以通过锻炼身体或活动肢体舒经活络,兴奋大脑,以解困意。

"春困"虽然是小事一桩,但若调理不畅,解决不好,也会影响工作和生活的质量,甚至还会导致机体免疫力的下降,诱发一些疾病。所以,调理好自己的生活起居,采取一些措施有效地消解"春困",也是非常重要的。除了上面提到的一些方式方法外,每个人还可以根据自己的生活习惯、兴趣爱好、居住环境和工作条件,多法并举地自我激发,消解"春困",提高自己的生活质量和工作效率。

夏季养生法

春季之后,便是夏季。夏季是一年中最热的季节,该如何养生呢?对此,《黄帝内经·素问·四季调神大论》有细致的分析和说明,具体说法是:

> 夏三月,此谓蕃秀,天地气交,万物华实。夜卧早起,无厌于日,使志无怒,使华英成秀,使气得泄,若所爱在外,此夏气之应,养长之道也。逆之则伤心,秋为痎疟,奉收者少,冬至重病。

意思是说,夏季的三个月是大自然万物最为繁茂的季节。在这个季节里,天气和地气上下交和,促进了万物的生长。在这个炎热的季节里,植物茂盛,鲜花盛开,处处郁郁葱葱。在夏季里,人们应该天黑了就休息,东方已发白就起床,不要睡懒觉。夏天很热,但不要厌恶炎热,要保持愉悦的精神状态,不要情绪激动,不要发怒。这样才能使人体的气机宣畅,通泄自如。同时,对外界事物的形态要有浓厚的兴趣,要努力适应自然的变化。这就是通过适应夏季的气候而达到养生保健的方法。如果不顺应夏天气候的变化,就会损伤自己的心脏。如果心脏在夏天受到了损伤,秋天就容易发生疟疾,冬天还会再次发生疾病。

夏天炎热,而炎热的天气往往容易使人感到烦闷。在这样的情况下,即便是鸡毛蒜皮的小事情,也会使人情绪激动,引发种种事端,同时对人的健康也会造成很大的危害。所谓的"使志无怒"、"华英成秀",说的就是这个意思。

根据五行学说的理论,夏季属火,与人体的心脏有着密切的关系,因为五行配五脏,心也属火。所以,在夏天一定要保持清净的心态和愉悦的心情，不要因炎热而烦闷，不要因烦闷而恼怒，不要因恼怒而争吵。只有这样，才能保持平静的心态，才能比较好地保护自己的心脏，使其生理功能得以正常发挥。所谓的"心静自然凉"，就是强调平静的心态对夏季养生的重要意义。

夏季由于天气炎热，容易引发许多疾病。但有一种病虽然是在夏季诱发的，却不一定在夏季发生，而是潜伏到秋季才发作，甚至还会延续到冬季。这就是与心脏有关的疾病。所谓"逆之则伤心，秋为痎疟，奉收者少，冬至重病"，说的就是这个意思。夏天虽然炎热，但这属于自然现象，不要完全避暑，该热的时候还是要热，该出汗的时候还是要出汗。古人当然是如此，所以基本都能顺应自然的发展。

但在现代社会中，由于科技的发展，各个单位的办公室，各个城镇里的店铺和商铺，甚至城市里的家家户户都安装了空调。只要天一热，人们就自然而然地钻进了空调室，已经敞开的汗孔一下子被空调发出的寒凉之气所封闭，即将散发出来的汗水一下子被凝滞在了汗孔中，即将被排解而出的毒素又被深深地浓缩进了人体里，其对人体的危害，可想而知。

当然，炎热也是要回避的，因为酷暑对人体的危害也是很大的，所谓的"中暑"，就是说的炎热对人体的伤害。但毕竟生活在夏天，稍稍感受一点炎热之气，微微地出点汗水，也是对夏季气候的一种适应，也是略借炎热之气以排毒解郁，对养生保健也是很有实际意义的。所谓的"无厌于日"、"使气得泄"，讲的就是这个道理。

生活在夏天，为了养生保健，有几大问题需要慎加注意。

要注意的第一个问题，就是健脾除湿，因为夏天多湿，而湿气对脾脏有很大的影响。所谓的"湿困脾"，就是对湿气损害脾脏的一种形象的描述。由于夏天多湿，而脾胃的功能在夏季又比较低下，所以很多人在夏天都常常感觉没有胃口，且容易腹泻。为了避免这种病理现象的出现，可选用一些健脾利湿之物，如藿香、莲子、佩兰等。这些植物或药物都属于芳香性的，而芳香性的食物或药物都有化湿利湿的作用。

要注意的第二个问题,就是清热消暑,以消解炎热之气对人体的影响。夏天不仅炎热,而且还有连续多日的高温。高温的日子其实就是炎夏的预警日。在这样的预警日里,如果不注意避暑消暑,就很可能导致中暑,甚至会因此而危及生命。由于夏季酷热难耐,人体的心火也因之而上炎。在这种情况下,即便避开了高温,但上炎的心火依然会引发诸多病变。为了避免这些病变的发生,夏季就要使用一些具有清热解毒、清心祛火作用的药物加以预防,如菊花、薄荷、金银花、连翘、荷叶等。

要注意的第三个问题是补养肺肾。五行配五脏,则心属火,肺属金,肾属水。在五行中,金是生水的,火是克金的。按此原理,在五脏中,肺脏是促进肾脏的,而心脏则是克制肺脏的。由于夏天炎热,再加上旺盛的心火,自然会损伤津液,耗散肺气。由于心火的旺盛,则导致肾水的虚衰。所以,在夏季可选用枸杞子、生地、百合、桑葚等补养肺肾。

要注意的第四个问题是冬病夏治,这是中医一直提倡的一种防病治病的方法。由于夏季人体的阳气和自然界的阳气都很旺盛,通过服用一定的药物或采取一定的预防措施,根治或防止冬天常发生的疾病。这就是冬病夏治的意义。临床实践证明,一些冬季常见的疾病,其致病因素往往产生于夏季。但由于夏季天气炎热、阳气旺盛,所以这些病患往往并不立即发作,而是潜伏在人体内。到了冬天,由于天寒阴盛,这些夏天潜伏在人体里的病患便随之爆发出来。

比如,风湿性、类风湿性、外伤性的关节疼痛及因感受风寒、湿气所致的肢体麻木,往往天气炎热时消失,天气寒冷时发作。有这种潜在病患的人,为了防止这些病患在冬季发作,夏天无论多么炎热,也不要用冷水洗澡,更不要在室外露宿。有这种潜在病患的女性夏天不要穿短衣短裤,更不要穿裙子,以防止风寒湿气侵入体内,为冬季埋下隐患。

再如慢性支气管炎和哮喘,往往冬天发作夏天消失,或者冬天严重夏天轻缓。有这种疾患的人在炎热的夏天也要谨慎地注意风寒。

在一般人的观念中，夏天只有炎热，哪里会有风寒。其实炎夏的风寒也是普遍存在的，主要体现在饮食和起居方面。夏天人们都比较喜欢冷饮冷食。对于患有慢性支气管炎和哮喘的人来说，冷饮冷食就是严重的风寒，不可随意享受，以防寒冬造成隐患。此外，夏天睡在地板上，也会导致风寒的侵入。

慢性腹泻、腹痛、胃痛，也与夏季感受风寒有极大的关系。在夏季，这些疾患往往都比较稳定，没有特别明显的临床表现。但若患者在夏季不注意保护好身体，不注意避免风寒的入侵，这些疾患在秋季就会发作，到冬季就会变得更加严重。为了防止这些慢性疾患在秋天的发作，在冬天的加重，有此病患的人在夏季要特别注意防止风寒的侵入，尤其要注意冷饮冷食及瓜果的食用，以免损伤了脾胃，给自己的身体留下隐患。

秋季养生法

春季是温情的,夏季是热情的,秋季是风情的。在这个风情愈来愈浓、凉意愈来愈深的季节里,收获是人们最直接的感受、最温馨的体验。在这个收获的季节里,人们的心情往往是非常激越的,感觉往往是非常清爽的、舒坦的。从酷热的夏季跨入清凉的秋季,应该是一年中最为爽快的时节。尽管爽快,但毕竟气候发生了变异,如果不能及时采取相应的措施调理好自己的生活,也可能给自己的健康造成很大的麻烦。所以,秋季养生的重要性也是不可忽视的。

对于秋季的养生,《黄帝内经·素问·四季调神大论》有非常客观的分析和总结,提出了非常实际的应对策略和方法,指导民众调理自己的生活起居和精神状态,以适应秋色的变迁。"四季调神大论"指出:

> 秋三月,此谓容平,天气以急,地气以明。早卧早起,与鸡俱兴,使志安宁,以缓秋刑,收敛神气,使秋气平,无外其志,使肺气清,此秋气之应,养收之道也。逆之则伤肺,冬为飧泄,奉藏者少。

意思是说,秋季的三个月,是万物成熟的季节,是大地平定收敛的时节。在秋天里,天高云淡,风急气爽,万物终止了生长,大地显得清明清肃。在这样一个清爽的季节里,人应该早睡早起,鸡鸣即起,不要一下睡到日上三竿。同时要保持稳定的情绪,安静的心境,平和的心态,只有这样,才能减缓秋季的肃杀之气对人体的影响。在日常生活中,要保持精神的内敛,情绪不要太过激动,行为不要太过张扬,以免劳心消神。只有这样,才能适应秋气的变化,才能使自己的精气不外泄,才能使自己的神气不外散,才能保持肺气的清肃。这就是通过适应秋季气候的变化以养生保健的方法。如果不采取措施顺应秋季气候的变化,就会伤及自己的肺脏,冬天就要发生严重的腹泻。

根据五行学说的理论,秋天属于金,具有收敛的特性。五行配五脏,肺属于金。所以,秋季的气候变化对肺脏有着直接的影响。通过调整自己的衣食起居和精神状态,适应了秋季的气候变化,不但能有效地保证自己在这个特殊季节里的生活和工作,而且还能有效地保障肺脏正常生理功能的发挥,并为自己冬季的生活和健康奠定基础。

秋季气候逐渐由夏季的炎热变得清凉,又由清凉而变得清冷。这个变化非常快,也非常直接。要比较快、比较好地适应这样的变化,衣食起居的调整一般都是比较容易操作的。但"使志安宁"(即要心平气和)、"收敛神气"(即要保持内敛的心态)、"无外其志"(即要宁静不要张扬),却不易做到,因为这涉及人的情绪、心态和作风。但考虑到自己的身体健康和未来的生活,还是要矜持一些、清宁一些。

秋季气温逐渐降低,雨量逐渐减少,空气的湿度也逐渐下降,气候也因此逐渐变得干燥。由于秋气对肺的影响比较大,所以秋季干燥的气候容易损伤肺阴,容易引发口干咽燥、干咳少痰、皮肤干燥、便秘等症状的出现。所以,秋季养生,重在防干润燥。

初秋清凉,晚秋清冷,这是秋天气候变化的直观感觉。由于夏季的炎热,汗液的排泄就比较多,使得机体各组织器官均一直处于水分不足的状态。到了秋季,如果感受了风凉,就极易诱发头痛、胃痛、关节痛等病症的出现,甚至还会导致旧病的复发。所以在秋季,一定要注意防风防凉,尤其是老年人和身体虚弱者。

像腹泻这样的胃肠疾病,秋天最易发生,主要是饮食不当所致,如食品不洁、暴饮暴食,同时也与昼夜温差有一定的关系。秋天虽然清凉,但苍蝇依然四处飞舞。如果食物储存不好,就会遭受污染,食后就会导致胃肠道感染,引发腹泻等病患的发作。所以,注意饮食的卫生,是秋季养生至关重要的一环。夏天炎热,影响人们的胃口。秋天清爽,往往使人的食欲大增,暴食暴饮就会常常发生,从而加重了胃肠的负担,导致肠胃功能的紊乱。因此,饮食有节也是秋季养生必须注意的一点。秋天昼夜温差的变化比较大,如果对此缺乏足够的注意,尤其是晚上睡眠时不注意保护好胸腹,就会使腹部着凉,诱发腹泻、腹痛。

按照五行学说的原理,秋季与肺脏关系密切。但秋季常常发生腹泻这样的胃肠疾病,与胃也有着直接的关系。所以,秋季养生,护好胃、养好胃也是至关重要的。如果胃没有护好,没有养好,腹泻这样的胃肠疾病就难以避免。

秋季养胃,要注意四个方面。一是暖胃。患有慢性胃炎的人,在清凉的秋季白天要添衣,夜晚要加被,以免腹部着凉。这就是暖胃最为简便的方法。二是护胃。为了保护好胃,秋季饮食要以温热、清素和新鲜为主,要定时定量、有节有制地食用。三是静养。劳而不倦,静心安神,也可以起到很好的护胃效果。四是运动。有胃肠疾病的患者要根据自己的身体状况和生活环境,每日做适度的运动锻炼,以增强体质,提高抵抗力,同时也有助于胃肠正常功能的发挥。

秋季养生,重在保肺养胃。要有效地保护好肺、养护好胃,既需要顺应季节的气候变化,也需要调理好自己的衣食起居和精神状态。秋季养生涉及的主要问题,包括起居、精神、饮食、运动和房事等五个方面。起居方面需要注意的,是早睡早起,添加衣物,防止受凉。精神方面需要注意的,就是保持宁静、乐观、舒畅的心情和胸怀,不要因生活中的磕磕绊绊而烦恼忧伤。饮食方面需要注意的,就是多吃清淡和素雅的食物,少吃辛辣和肥腻的食物。运动方面需要注意的,是根据自己的实际情况和生活环境,多一些锻炼,多一些运动。房事方面需要注意的,是节制房事,减少性欲,蓄养精气。

冬季养生法

从温情的春天,到热情的夏天,再到风情的秋天,这一年的三季,如同清澈的流水一样,从潺潺的泉水,到滔滔的瀑布,再到汩汩的河流,充满了生力、活力和动力。在这三个季节里,对大地的期望,对万物的希望,对硕果的渴望,都一一得以实现,为幸福的人生夯实了一级又一级的台阶。

然而,当江河刚刚开始汩汩流动时,气候便渐渐地由热变凉了,继而又由凉变冷了,最后又由冷而变寒了。习习的晨风,忽然变成了刺骨的寒流。清澈的河流,忽然凝结成了无际的碧玉。哗哗的雨水,忽然变成了飘飘洒洒的柳絮。绿莹莹的草木,忽然变黄了,继而干枯了,最后飘落了。

冬季,终于来临了。一年四季的轮回到了最严酷的时候。

在这个严酷的季节里,人应该如何生活,如何保养,如何趋利避害呢?对此,《黄帝内经·素问·四季调神大论》做了这样的论述:

> 冬三月,此谓闭藏,水冰地坼,无扰乎阳,早卧晚起,必待日光,使志若伏若匿,若有私意,若已有得,去寒就温,无泄皮肤,使气亟夺,此冬气之应,养藏之道也。逆之则伤肾,春为痿厥,奉生者少。

意思是说,冬天的三个月是生机潜伏、万物蛰藏的时节。在冬季里,水寒成冰,大地龟裂,阳气入内,阴气旺盛。所以人不要扰动阳气,应该早睡晚起,待到旭日东升、阳光灿烂的时候再穿衣起床。这样可以使自己的神志深藏于内,使自己的心情安静自若。这就好像对待自己的私密一样,一定要严守,不能轻易外泄。在冬季,要注意躲避寒冷,求取温暖。不要过多地运动,更不要出汗。如果出汗了,就会损失阳气。这就是适应冬季气候的变化以保养身体的基本方法。如果不顺应冬季气候的变化,随意而为,就会损伤肾脏。如果肾脏被损伤了,春天就会发生痿厥之症。

"四季调神大论"谈到的冬季养生之法,大致可以分为三条:一是不要干扰阳气,二是早休息晚起床,三是要保持精神的内守。冬季酷寒,阴气盛,阳气虚,这是大家都能感受到的。在这样的条件下,人一定要避免过多过度的运动,以免人体发热出汗。在冬季,一旦人体发热,一旦出汗,就意味着深藏在人体之内的阳气被宣泄了。在寒冷的季节里,人体的阳气本来就虚少,应该好好地予以保护,不应该随意宣泄。一旦宣泄,就意味着体内的阳气减少,阴气更盛,诱发病患的可能性就不断增大。所以,在寒冷的冬季,适当的运动是必要的,但一定不要过度,一定不要耗损体内的阳气。

由于冬季阴气太盛,所以天黑得早,亮得晚。为了保护体内的阳气,为了保持身体的健康,晚上要早点休息,千万不要熬夜,以免损耗体内的阳气。因为天亮得晚,所以早上也不要像春天和夏天那样过早地起床,以免感受过多的阴气,损伤阳气。在中国的传统社会,这个要求是自然而然的,也是谁都做得到的。但在现代这个节奏越来越快的时代里,就是在严寒的冬季里,早卧晚起也会遭遇很多困扰。单位上班的时间、学校上课的时间、飞机起飞的时间、火车开动的时间都是法定的,谁也无法改变。为了遵循这些法定的时间,即便是在严冬,晚睡早起也往往不得已而为之,给养生保健造成了很大的困难。这也是现代养生比较麻烦的原因之一。

冬天寒冷,人不但运动要适量,精神也要内敛。所谓的内敛,就是不要太过狂放,太过激动。在寒冷的冬天里,狂放的奔跑,激昂的高歌,疯狂的癫舞,虽然是精神的奔放,但也是精气的宣泄,神气的外泄,阳气的洪泄,给身体造成的损害自然是不言而喻的。所以在冬天,一定要注意保养自己的精神,不要将春天的温情、夏天的热情、秋天的风情一直发扬到冬天。尤其是青年人,在春夏秋这三个季节里,可以激扬文字,可以狂歌漫舞。但到了隆冬,就要努力保持内敛一点,矜持一点,宁静一点。虽然说起来容易做起来难,但为了自己的健康,为了自己的事业,为了自己的未来,即便难上加难,也一定要做。

冬季不要大动,但适量的运动还是必要的。由于冬季比较寒冷,也有很多人坚守室内,不愿外出活动,更不愿运动。这其实也是很不利于健康的。俗话说,"夏练三伏,冬练三九",强调的就是冬季适量运动的重要性。某个网页上有这样一句话,"冬天动一动,少闹一场病;冬天懒一懒,多喝药一碗",虽然是宣传,但其表达的也是同样的意思。

在我国的传统中,冬季的三个月被划分为立冬、小雪、大雪、冬至、小寒、大寒六个节气。这六个节气的名称深刻地揭示了冬季天寒地冻、万物凋零、一派萧条的特点。同时也提醒人们,防寒保暖是严冬保养身体的重中之重。冬季气候寒冷,寒气凝滞,容易引起人体气机的运行不畅,血液的运行缓慢,不但导致很多疾病的发生,而且还使很多旧病复发,甚至加重,尤其是中风、脑出血、心肌梗死这些严重威胁生命的疾病。所以冬季养生首先要注意的是防寒保暖。

就冬季的养生保健而言,人体三个部位的防寒保暖至为重要,一是头部,二是背部,三是脚部。

人的头部暴露在外,最易遭受寒冷的刺激,从而引起血管的收缩和头部肌肉的紧张。如果缺乏比较有效的预防和保暖,则易引起头痛、感冒等常见病症。背部虽然有厚厚的冬装保护,但由于背部属阳,而阳气在冬季又比较虚少,所以很容易遭遇寒冷的侵袭。如果背部遭遇了寒冷的侵袭,寒气则通过背部的穴位而传入体内,损害内脏,危害健康。同时,背部遭受的寒气还会通过颈椎、胸椎和腰椎而影响上下肢体及关节。在冬季里,人们对寒冷感受最深的大概就是脚。由于脚不但一直踩在地上,还一直支撑着沉重的人体,有限的阳气常常被消耗殆尽。所以脚在冬季最易受寒,最有冰冷之感。如果脚部过度受寒,则会反射性地引起人体抵抗力的下降,导致一系列疾病的发生。

头部、背部和脚部的保暖防寒,对于冬季养生保健的重要性,由此可见一斑。

关于冬季以及春夏秋三季应该吃什么、喝什么,媒体天天都在请专家学者高谈阔论,可谓面面俱到。甚至连神仙都想不到的,专家学者都想到了,也讲到了,更宣传到了。所以,我就不必为此再滥赘其言。

后　记

　　客观地说，做任何事，其实都是有"后"可"记"的。所谓的"总结"，就是如此。但自1993年出版第一部书以来，我却从未"记"过什么"后"。博士后论文到是"记"了个"后"，大概是因为"博士后"这个称谓本身就有个"后"字的缘故吧。即便如此，这部"后"而"记"之的论文，至今却并未出版。何也？"后"不可"记"也。

　　然而，今天，在这部既非"学"又非"术"的闲言碎语出版之前，我却不得不"记"一点"后"，以便能"刷新"自己的老朽之颜、"日新"自己的迂腐之象，使周边的同行和天边的同道们，能见而明之，能笑而纳之。因为像"刷新容颜"、"日新貌相"这样的说法，可是从来就没有的。如果学界对此要质而疑之，我也只能"惶惶如也"了。不是因为"出疆"无"质"可"载"，而是因为历史上至今也没有任何可资证明的"文献"或"资料"。既然没有"文献"或"资料"可资证明，我又该如何面对学界的质疑呢？这就是我今天想"后"而"记"之的原因。

　　在语言学界，词法、句法和语法的标准，是必须要遵守的，是绝不可打破的。这似乎就是所谓"放之四海而皆准的真理"吧，不可不遵，不可不行。然而，这些基本的要求，毕竟是人定的，而不是天定的。"原则天定，标准人定"，钱歌川先生当年的这个论断，今天看来，确实是很有道理的。不然，毛泽东为何将"走马观花"升华为"下马看花"呢？周树人为何要将"帮忙"升级为"帮闲"呢？老百姓又为何将"忘八端"升格为"王八蛋"呢？

　　正因为有毛泽东的先导，有周树人的先行，有老百姓的先例，在这部小册子中，我才将"平民"升华为"尘民"，将"纯化"升级为"醇化"，将"奇异"升格为"别异"。其实，这样的升华、升级和升格，并不是撰写这部小册子时的创新,而是20多年来我的一贯做法。但学界有的朋友看了,却颇有别见,以为如此之说既不合文法,又无有证据,纯属胡言乱语。我非常赞同朋友的看法,也非常接受朋友的批评,却非常不愿纠正自己的"过错"。原因么,当然是月有阴晴圆缺、人有生老病死。

《在水一方》是我今年4月要出版的一部杂文集,但至今还在冷宫里冷冻着呢。原因么,当然也是如此。下面这篇文字,就是编辑死活要删的十八篇杂文之一。为了说明问题,现将全文抄录于后,敬请学界同仁望闻问切。

走 光

何谓"走光"?

对于摩登时代的摩登人士而言,这实在是个白痴透顶的问题。只要打开网络,"走光"的信息和图片,就像秋风扫落叶一样,遍地翻飞,无处不有。所以,在这个处处"走光"的时代里,在这个时时"走光"的社会里,不懂得"走光"的人,"那简直就不是人了"。

不久前去参观一所寺庙,与一位出家人闲聊时,居然从他的口中也吐出了"走光"二字。令我非常惊讶。惊讶之余,不禁有些自惭形秽,以为人家僧人所谓的"走光",一定是佛家"开光"的创新之说,别无任何污秽不堪之意。如果真是这样,那么,我不仅错怪了早已修行到家的僧人,而且还暴露了自己内心的阴暗和龌龊。

想到这里,我不禁羞愧满面、手足无措地低声问道:"您刚才所说的'走光',是不是佛家'开光'概念的现代表述呀?"僧人圆睁着眼,直愣愣地上下打量了我一番,悠悠然地晃了晃锃亮的脑袋,慢条斯理地说:"看起来您还不算非常衰老,怎么连'走光'都不明白呢?难道您是天外来客吗?"一边说,一边晃荡着手里的 Iphone,还撇撇嘴,耸耸肩。见此情景,我不禁恍然大悟。整天手握 Iphone 的人,岂能不知"走光",怎能不见"走光"!

我真是迂腐透顶啊!

自责之余,不禁震惊,甚至震怒:

"您一个出家的僧人,一个四大皆空的修客,干嘛要如此地与时俱进呢?干嘛要深陷滚滚红尘呢?"这句尖刻的话,虽然一直激荡在我的心里,但嘴里呢,却始终没有说出。原因么,当然是"不知天上宫阙,今夕是何年"。

我们的这个时代,最讲究的,就是"务实求真"。这是大家都明白的道理,也是大家都在倡扬的精神。面对现在的"僧人",我却想起了过去的"圣人"。如此之举,显然不是求真,更不是务实。虽然僧人"出家"了,却并没有"出世",更没有"离世";虽然僧人不食"荤腥",却并非"不食人间烟火",更非不食油盐酱醋;虽然四大皆空,但四肢四末呢,却实得很呢,更不要说四兜四袋了。

所谓的设身处地,不就是这样的吗?所以,理解,是必须的,更是必然的。这就是务实,这就是求真。不然,这个世界,可真的不许放屁了。如果连屁都不许放,那么,谁还敢"醉里挑灯看剑"呢?

话虽说得头头是道,理虽论得面面俱到,但心头呢,却依然郁闷难耐,心情呢,却还是郁结难释。与硕大的僧人"横眉冷对"了一番之后,我头也不回地向外走去,任凭衰败的野花飞落,任凭凛冽的山风狂舞。

走出山门,抬眼远望,天空碧蓝碧蓝的,一丝云彩都没有。瞧着瞧着,我不禁仰天大笑起来:连天都"走光"了,还纠结什么人呢?尤其是人家僧人?真是无聊透顶!

这篇文字本来是纪实的,却被编辑先生断然删除了!

为何一定要删除这篇文字呢?编辑先生的解释是:"'走光'是说人的,怎么能用来说天呢?荒唐!"编辑先生的批评,自然,是无比正确的。但"天人相应"呢?"天人合一"呢?难道是圣贤的信口胡诌吗?难道是古人的胡说八道吗?

还有标点,也令学界朋友颇为不解,以为我居然连这些"傻子都懂得"的符号都不明白。正如"编辑先生的批评自然是无比正确的"一样,为何要断裂成"编辑先生的批评,自然,是无比正确的"呢?对此，我想，傻子虽然也懂得，但解释，还是必要的。我之所以将这些不该断开的句子刻意地断裂开来，原因自然多多。但能说出口的，则只有一个。就是我的中气太虚，肺气太弱，无法将常人看来并不算长的句子一口气说出来。所以，只好断断续续。患过气管炎的人，对此一定会感而明之的。

此外，"呢"的使用，也令朋友迷惑不解。尘土都埋到脖子上的大男人，说话为何还如此扭扭捏捏的呢？《走光》中的"心头呢，却依然郁闷难耐，心情呢，却还是郁结难释"，就是典型一例。在中国的语言中，"呢"的使用既可以体现扭捏的做派，也可以体现质疑的意态，还可以体现迷茫的无奈。我对"呢"的使用，可谓兼而有之，但迷茫和无奈，却是基本的基本。

这就是 21 年来，我所"记"的第一"后"，能否为学界感而应之，那则是"后"之又"后"的"后"了。

2014 年 11 月 10 日凌晨 4 点于南非卡瓦·马里塔尼草屋